KB078257

GAME OF GOETIA

니콜로 장편소설

FUSION FANTASTIC STORY

마왕의 게임

마왕의 게임 14

니콜로 장편소설

초판 1쇄 찍은 날 § 2016년 8월 9일
초판 1쇄 펴낸 날 § 2016년 8월 16일

지은이 § 니콜로
펴낸이 § 서경석

편집책임 § 조현우

펴낸곳 § 도서출판 청어람
등록번호 § 제387-1999-000006호
등록일자 § 1999. 5. 31
어람번호 § 제1-2497호

주소 § 경기도 부천시 원미구 부일로 483번길 40 서경B/D 3F (우) 14640
전화 § 032-656-4452 팩스 § 032-656-4453
http://www.chungeoram.com
Email § chungeorambook@daum.net

ISBN 979-11-04-90921-4 04810
ISBN 979-11-04-90396-0 (세트)

GAME OF GOETIA

14

니콜로 장편소설

FUSION FANTASTIC STORY

마왕의 게임

도서출판 청어람

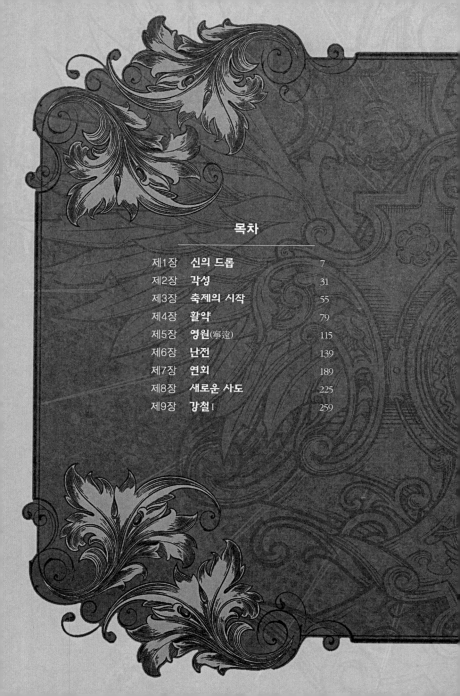

목차

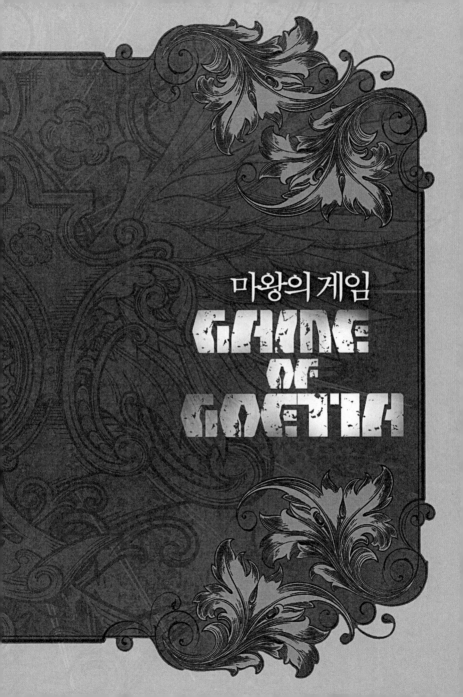

제1장
신의 드롭

이신은 역습에 나섰다.

일단 니노와 대치하고 있는 방어선의 병력은 그대로 남겨 놓되, 은밀히 내부 병력을 모아 항공수송선 8척에 태웠다.

목표는 니노의 5시 본진.

하지만 거기에 이르기까지 넘어야 할 관문이 너무 많았다.

대공포로 도배되어 있는 3시 지역을 통과해야 했고, 니노의 방어선에 배치된 기계보병들도 만나서는 안 됐다.

'해봐야지.'

위험천만한, 말도 안 되는 드롭 작전이 펼쳐지려 하고 있었다.

하지만 이신은 왠지 가능할 것 같다는 생각이 들었다. 아무런 근거도 없이 그런 육감이 들었다.

'어차피 이게 아니면 방법이 없으니까.'

항공수송선 8척이 일제히 움직이지 시작했다.

일단 3시로 향한다.

그리고 3시의 대공포 지역에 접근했을 때, 가까이 다가가지 않고 슬쩍 오른쪽으로 우회했다.

그러면서 레이더로 한 번 찍어보며 루트를 살핀다.

적이 있다.

지대공 공격이 가능한 기계보병 한 기뿐이었다.

다만 문제는 드롭 시도를 들키게 된다는 것.

그러면 니노는 재빨리 본진을 지키기 위해 병력을 물릴 터였다.

'녀석보다 먼저 본진에 도착할 수 있을까?'

이신은 타이밍을 쟀다.

계산 결과가 신통치 않았다.

'신중하게 처리하자.'

그 근처에 시야를 밝히기 위해 띄워져 있었던 병영 건물을 이용하기로 했다.

이신의 병영 건물이 천천히 날며 그쪽으로 접근했다.

상대 측의 건물이 시야 밝히기 용도로 공중에 나타나자, 니노의 문제의 기계보병이 반응했다.

그쪽으로 다가가서 병영 건물을 공격하기 시작한다. 미끼를 문 셈이었다.

'좋아.'

기계보병이 빠진 틈을 타서 항공수송선들이 작게 한데 뭉친 채 유유히 그 지점을 통과했다.

그리고 계속해서 레이더로 주변 상황을 찍어 본다.

미꾸라지처럼 니노의 모든 유닛과 지형지물을 피해가며 5시 본진을 향해 움직이는 항공수송선들!

목적지에 조금씩 가까워질 때마다 관중들은 말없이 흥분으로 고양되었다.

―카이저가 지금 위험천만한 드롭 작전을 펼치고 있습니다. 지금까지 레이더로 기막히게 상대의 시선을 피해 다니며 잘 움직였습니다.

―니노의 본진 상황은 어떤가요? 수비 병력이 전혀 없나요?

―예, 마침 옵서버가 보여주는군요. 없습니다!

―니노로서는 자신의 배치에 허점이 있다는 생각을 전혀 하지 않을 거예요. 왜냐하면 정말 조그마한 구멍 외엔 없었거든요!

―예, 그 구멍을 카이저가 잘도 비집고 들어가는 상황입니다. 아, 이거 저까지 너무 긴장됩니다. 칼날 위를 걷는 듯한 숨 막히는 작전이에요.

이신은 짜릿한 긴장감을 느꼈다.

조금의 실수도 있으면 안 된다.

전 맵을 장악한 상대의 시선을 완벽하게 속여야 한다니, 이 무슨 곡예 같은 쇼란 말인가?

하지만 이신은 고도로 발휘된 집중력으로 주변을 샅샅이 살피며 움직였다.

그리고 마침내,

―도착했습니다!

―이제 니노도 알아챘어요!

흥분한 해설진의 목소리.

그랬다.

항공수송선 8척이 니노의 본진 앞마당에 출현한 것이었다.

＊　　　　　　＊　　　　　　＊

대형화면에 놀란 니노의 얼굴이 잠깐 보였다.

이신은 레이더를 마구 찍어서 니노의 본진 상태를 총 점검했다.

방어 상태.

중요한 건물이 어디에 있는지 등등.

그 모든 상황을 머릿속에 담아놓은 이신은 정교하게 드롭을 개시하였다.

기동포탑들이 2기씩 드롭되어서 띄엄띄엄 배치되었다.

마치 니노의 본진을 사수하는 수비 병력처럼, 상대의 건물을 장애물로 삼아서 절묘하게 배치되었다.

다만, 그 기동포탑들은 포격모드로 전환되자 미친 듯이 건물들을 난타하기 시작했다.

―퍼퍼퍼퍼퍼퍼펑!!

"와아아아아아아아!"

"해냈어!"

"오 마이 갓!"

마침내 쩌렁쩌렁한 환호성이 터져 나왔다.

자원상 열세인 채로 고착되려 했던 판도를 한번에 뒤엎어 버린 전율적인 한 수였다.

니노는 다급해졌다.

3시의 대공포 지대와 철통같은 방어선이 있었다. 그럼에도 저런 대규모 드롭 병력이 본진에 당도할 때까지 눈치채지 못하다니!

'어떻게 내 눈을 피해 드롭을 할 생각을 했지?'

불가사의할 정도의 전략적 판단력.

그 과감함이라니!

니노는 당하고 있는 입장임에도 감동을 느꼈다.

'정말 위대한 선수다.'

그런 사람과 같이 플레이하고 있는 자신이 뿌듯했다.

함께 어우러져 이런 명경기를 탄생시켰다는 성취감.

물론 그렇다고 니노가 승부를 포기했다는 뜻은 아니었다.

'아직 내가 불리한 건 아니야!'

니노는 본진을 지키기 위해 병력을 회군시켰다. 하지만 본진의 상태를 보고서는 그냥 포기하는 게 낫겠다 싶었다.

'이 긴박한 순간에 저런 플레이를 하다니.'

드롭된 이신의 병력 배치가 기가 막혔다.

마치 자기 본진인 양 디펜스 라인을 갖춘 이신의 기동포탑 배치!

그건 그대로 스크린 샷으로 저장해 바탕화면으로 삼고 싶을 정도였다.

본진을 송두리째 포기해 버린 니노.

그 대신 전 병력을 끌고 거꾸로 이신의 1시 본진을 향해 북상했다.

이신의 핵심 전력은 드롭 작전에 투입됐다. 즉, 이신의 방어 라인은 허술하다는 뜻이었다.

그걸 알고 있는데 가만히 있을 이유가 없었다.

본진을 송두리째 내줘 버렸으니, 이쪽도 그만큼 대가를 받아내야 하지 않겠는가?

니노의 진격.

ㅡ퍼퍼퍼퍼퍼펑!

각도기로 잰 듯한 정밀한 포격전이 펼쳐졌다.

이신은 고속전차로 지뢰밭을 만들며 니노의 진격을 최대한 지연시켰다.

그러면서 전력의 핵심인 기동포탑은 본진까지 후퇴시켰다.

앞마당은 포기하기로 했다.

어차피 자원도 거의 고갈된 본진 앞마당이라 거기까지는 상관없었다.

본진만 최대한 사수하며 오랫동안 버티면 된다.

ㅡ파아앗! 파앗!

ㅡ파아앗!

니노의 총공세는 무시무시했다.

전술위성 2기가 선두의 유닛에게 디펜시브 실드를 마구 걸어주었다.

실드로 보호된 유닛들이 적의 포격을 맞아가며 길을 열었다.

이신도 최선을 다해 지연시켰다.

본진에서 계속 생산되는 기동포탑들이 속속히 자리 잡고 포격 모드로 전환해 맞섰다.

앞마당에서 일하던 건설로봇들까지 전부 달려들어서 온몸으로 니노의 공격을 막아섰다.

―퍼퍼퍼퍼퍼퍼펑!

절벽을 사이에 두고 양측의 치열한 포격전이 오갔다.

화력은 병력상 앞선 니노의 절대 우위.

하지만 보다 높은 지형에 있는 본진의 지리적 이점과 건설로봇들의 수리를 총동원하여 버티는 이신도 놀라웠다.

그러는 동안, 니노의 본진은 이미 초토화되고 있었다.

―카이저는 정말 잘 버티고 있고, 니노의 본진은 날아가 버렸습니다!

―기갑정거장, 군량고 전부 파괴됐습니다. 이제 더 이상 병력을 생산할 수 없어요!

―돈은 넘쳐나는데 병력을 뽑을 수 없다니, 카이저가 정말 극적으로 판을 뒤집었습니다!

―노르망디 상륙 작전의 감동이 이러할까요? 이 엄청난 작전을 뭐라고 이름 붙이는 게 좋을까요?!

―신의 드롭 어떤가요?

―오, 바로 좋은 작전명이 나오네요.

신의 드롭.

그렇게 명명된 2021년 월드 SC 그랑프리 개인전 예선의 최고 명경기는 아직 진행 중이었다.

니노의 본진은 초토화되었지만, 아직 승부는 끝난 게 아니었다.

더 이상의 병력 생산은 불가능해졌다고 해도, 아직 니노의 병력은 건재했기 때문이다.

니노는 거세게 몰아붙여서 이신의 본진을 반파시켰지만, 이신의 끈질긴 사수로 시간이 계속 지연됐다.

그러자 니노는 즉각 방향을 선회했다.

일단 일부 병력을 남겨놓아서 이신의 본진 쪽을 봉쇄해 놓고, 나머지 병력은 방향을 돌렸다.

목적지는 이신의 자원 공급의 핵심 지역인 11시!

거기다가 니노는 본진을 잃은 직후, 7시 지역에서 새롭게 본진을 꾸렸다.

건설로봇들을 총동원해서 군량고를 지어나갔고, 무엇보다도 항공정거장을 대거 짓기 시작했다.

공중 유닛으로 병력 구성을 새롭게 하겠다는 의도였다.

─전쟁이 여기저기서 어지럽게 펼쳐지고 있습니다. 마치 두 마리의 뱀이 서로를 잡아먹는 듯한 형상입니다.

─이런 섬멸전 양상이 된 이상 무엇보다도 기동성이 중요합니다. 이런 측면에서는 항공수송선 선단(船團)을 보유한 이신 선수가 유리합니다!

─이런 양상까지 계산한 한 수였다면 정말 대단한 선수네요, 카이저.

—달리 신이 아니죠.

니노는 이신의 12시 확장 기지를 타격하는 한편, 11시를 압박하기 시작했다.

이신 역시 전여 병력을 11시에 투입해 사력을 다해 막고 있어서 니노의 의도는 상당히 지연되었다.

하지만 그렇다고 상황이 이신에게 완전히 웃어주고 있는 것도 아니었다.

지상전의 주도권은 여전히 맵 센터를 휘어잡고 있는 니노에게 있었다.

거기에 시간이 조금만 지나면 7시에서 짓고 있는 항공정거장에서 비행 유닛들이 대거 쏟아진다.

이신은 보유한 자원이 적어 항공 체제로 전환하기가 어려웠다.

급한 쪽은 오히려 이신.

이를 이신도 니노도 잘 알고 있었다.

어쭙잖은 상대였다면 본진을 점령당했을 때 크게 우왕좌왕하다가 자멸했으리라.

하지만 니노는 판세를 냉정하게 읽었고, 끝까지 침착했다.

'한 번 더 간다.'

이신은 다시 한 번 결단을 내렸다.

니노의 본진을 쳐부순 직후, 이신은 병력을 다시 항공수송선에 태웠다.

—또 가나요?

—이번 목적지는 당연히 7시겠죠?! 예, 그게 최선의 시나리오입

니다.

　이신의 항공수송선 선단이 다시 7시를 향해 이동했다.

　이번에는 고속전차 무리로 3시, 6시를 동시에 테러하며 니노의 시선을 돌려놓았다.

　시선 끌기용이라고는 하나, 이신의 고속전차 견제는 폭풍 같아서 무시할 수가 없었다.

　그러면서 항공수송선 선단은 은밀하게 7시에 당도했다.

　—또 성공!!

　—신의 드롭이 또다시 실현되었습니다! 이번 건 아주 큽니다!

　—3시, 6시도 테러를 당하고 있고, 아주 정신없이 난타당하는 니노! 이제는 어떻게 대처할 생각인가요?

　이번에는 니노도 포기할 수가 없었다.

　7시 지역은 니노의 심장 그 자체였다.

　황급히 전 병력을 이끌고 7시로 향하는 니노.

　그 순간, 이신의 수비 병력들도 함께 움직였다.

　후미에서 거리를 둔 채 니노의 군세를 뒤쫓았다.

　그리고 7시 지역에서 최후의 결전이 펼쳐졌다.

　몰아치는 니노의 대 군세.

　이신은 언덕 위라는 지형적 이점을 이용해 맞아 싸우며, 쫓아온 병력들로 니노를 전 방위에서 둘러싸 난타했다.

　—파아앗! 파앗!

　니노의 전술위성들이 적절한 유닛에게 디펜시브 실드를 걸어준다.

고속전차들의 싸움도 치열했다.

서로에게 지뢰를 매설하고, 서로의 지뢰를 폭발 전에 제거했다.

—카이저!!

—일점사격으로 지뢰를 제거하는 솜씨가 가히 예술입니다! 세상에, 저게 사람의 컨트롤인가요?

—컨트롤에서 밀립니다, 니노!

사방을 종횡무진하며 니노가 매설한 지뢰를 제거해 버리는 이신.

그 엄청난 신기에 힘입어,

—Nino: GG.

—GG!

—니노가 항복을 선언했습니다!

그랬다.

최후의 전투는 '7시 대첩'이라 불릴 만한 이신의 대승이었다.

기적의 2연속 신의 드롭.

거기에 막대한 니노의 군세를 전 방위 포위 공세로 역습해 섬멸시켜 버린 전술.

이어폰과 차음 헤드셋을 벗은 이신은 한숨을 돌렸다.

"카이저! 카이저! 카이저!"

경기장은 그를 연호하는 목소리로 가득 차 있었다.

역전에 재역전이 나온 명경기였다.

　　　　　*　　　　　　*　　　　　　*

　예선을 통과한 이신에게 세계 SC 협회가 직접 인터뷰를 요청
했다.

　세계 최대의 e스포츠 축제인 그랑프리!

　그 첫 주를 장식한 최고의 명경기로 니노와의 대결이 꼽혔기
때문이었다.

　세계 SC 협회 홈페이지의 메인을 장식할 이 인터뷰에, 이신은
기꺼이 응했다.

　"꽤 힘든 경기를 펼치셨는데요."

　인터뷰를 진행하는 흑인 여성이 질문했다.

　영어였지만 통역 반지가 있는 이신은 문제없이 응했다.

　"예, 3경기는 꽤 고전했습니다."

　"직접 상대해 본 니노는 어떤 선수였던가요?"

　"인도에서 탄생한 천재라고 말은 많이 들었습니다."

　"제2의 카이저라고 불릴 만하던가요?"

　흑인 여성은 그렇게 질문하며 미소 지었다.

　이신은 잠시 생각하다가 답했다.

　"간혹 이런 선수가 있습니다."

　"어떤 선수죠?"

　"피지컬도 컨트롤도 전략성도 특별히 타고난 구석이 없는데,
이상하게 잘하는 선수죠."

　"니노가 그런 선수였나요?"

이신은 고개를 끄덕였다.

"그런데 팬들 사이에서 한 가지 재미있는 질문이 있었는데요, 혹시 니노를 제자로 삼을 수 있다면 삼고 싶으신가요?"

"아뇨."

이신은 조금의 고민도 없이 단칼에 거절했다.

"의외네요, 어째서죠? 카이저는 지금까지 국적을 안 가리고 재능 있는 어린 선수들을 제자로 키워왔잖아요."

이신은 쓴웃음을 짓고는 대답했다.

"일단 제게 제자가 벌써 넷이나 있지만, 전 딱히 제자를 거둬서 가르치는 취미가 없습니다."

"말씀하셨듯이 제자가 벌써 4명이나 있는데도 말이에요?"

"그 애들을 받았을 땐 제가 코치나 감독이었을 때입니다. 지금은 아니죠."

이신이 말을 이었다.

"그리고 이미 인도에서 무패우승까지 하고 그랑프리 개인전 출전권을 딴 선수에게 스승 노릇을 하겠다고 하면, 니노 본인이나 인도 팬들이나 불쾌해하겠지요."

"어머, 그건 그렇지 않던데요."

"예?"

"니노는 그때 경기에서 패한 뒤에 카이저를 두고 본받고 싶은 위대한 선수라고 말했어요. 인도 팬들도 카이저의 제자가 되면 좋겠다는 의견이 많았고요."

"…왜 그런 반응이 나오는지 모르겠습니다. 니노는 이미 충분히 성공한 선수입니다."

"호호, 그런 선수에게도 카이저는 숭배 대상이죠."

이신은 어깨를 으쓱하며 고개를 저었다.

"아무튼 딱히 제자를 키우고 싶지는 않습니다. 지금 있는 제자들도 이제는 제가 필요하지 않을 정도로 충분히 성장했고요."

"의외네요. 후학을 키우는 일에 대단히 많은 애정을 쏟으시는 것 같던데요."

"딱히 애정이랄 것은 없습니다. 가르치니 절 위협할 정도로 성장해서 개인적으로 자극은 되었습니다."

흑인 여성은 미소를 지으며 짓궂게 말했다.

"한국의 개인리그 4강전에서 주디가 차이에게 졌을 때 위로하셨던 모습이나, 중국으로 떠나실 때 포옹하던 모습을 보면 애정이 대단하셨던 것 같은데요."

"…그건 특별한 경우입니다."

이신의 대답에 흑인 여성은 눈빛을 빛냈다.

이신은 자신의 대답이 어떤 식으로 해석될지 알지 못했다.

*　　　　*　　　　*

박영호와 이신은 그렇게 나란히 예선을 통과했고, B조에서 이신의 뒤를 이어 니노 또한 2연승에 성공해 32강행 티켓을 손에 넣었다.

이변은 E조에서 벌어졌다.

인도 출신으로 미국에 진출해 대성공을 거둔 아마드 부티아.

그리고 세계적인 강팀 밴쿠버SCC의 에이스 존 던.

이 두 사람은 세계적으로 막강한 인지도가 있는 톱스타들로, 거의 예선 통과가 유력시 되고 있었다.

그런데 E조에서 32강행 티켓을 가장 먼저 손에 넣은 사람은 따로 있었다.

바로 신지호였다.

신지호는 그랑프리에 대해 한이 많았다.

이신이 손목 부상을 당했던 재작년, 신지호는 결승전에서 황병철과 졸전을 치른 끝에 준우승을 했다.

이듬해 전반기 개인리그는 각각 박영호와 최영준이 우승과 준우승을 했는데, 그랑프리 개인전 출전 티켓은 세 장뿐이었다.

준우승자인 신지호와 최영준이 겨뤄서 나머지 1장을 놓고 다퉈야 했는데, 그 대결에서 신지호는 아쉽게 패하고 만 것이었다.

그랑프리 무대를 밟고 싶었던 신지호로서는 그 일에 한이 맺혀 있었다.

그런 한풀이라도 하듯, 신지호는 E조 경기에서 아마드 부티아와 존 던을 연달아 격파하고 가장 먼저 3연승을 달성했다.

세계 무대에서는 아직 인지도가 없었던 신지호가 그런 활약을 벌이자, 모두가 깜짝 놀랐다.

신지호라는 이름이 세계 강팀의 관계자들의 뇌리에 또렷하게 각인된 순간이었다.

나머지 한 장을 놓고 아마드 부티아와 존 던은 치열한 혼전을 벌였다.

승리와 패배를 반복하며 재경기가 계속된 끝에, 아마드 부티아가 간신히 티켓을 손에 넣었다.

E조 승자 인터뷰.

"제가 처음으로 결승 무대에 진출했을 때가 저로서는 가장 고통 받던 때였습니다. 그렇게 힘든 시기를 거치고 나니까 한 가지 이 게임에 대해서 깨달은 바가 있습니다."

신지호는 인상 깊은 발언을 남겼다.

"한 사람의 승자만 살아남아야 하는 구조에서, 제 존재 자체가 상대에게는 걸림돌이 됩니다. 한정된 공간에서 한정된 자원을 먹으면서도, 제가 살아 있다는 것만으로도 상대에게는 피해가 됩니다."

신지호의 말이 이어졌다.

"아무리 힘든 순간이 있어도, 끝까지 버티며 살아 있다면 결국 승자가 됩니다. 방어야말로 최선의 공격입니다."

그것은 비로소 안정적으로 정착된 신지호의 게임 철학을 의미했다.

그 말에 걸맞게 신지호는 아마드 부티아와 존 던의 맹렬한 공세를 끈질기게 버텨내며 자신의 주특기인 '108공포'를 펼친 것이었다.

상대의 공격을 막아내고 유리해진 상황에서도 역습보다 확장 기지를 하나 더 짓는 판단은 상대를 질리게 만들었다.

해설진들로부터 '사상 최강의 철벽'이라는 명예로운 칭호를 얻으며, 신지호는 성공적으로 그랑프리에 데뷔했다.

"와, 지호 걔 진짜 독하더라."

호텔로 돌아와서 박영호가 말했다.

"진짜 인류가 그렇게 디펜스를 하면 괴물이 어떻게 이기냐? 진짜 아마드 부티아가 불쌍하더라. 나까지 감정 이입이 돼서 짜증 치미던데."

"웅크리고 방어에만 매달린다고 다 그렇게 할 수 있는 건 아니지. 신지호가 정말 잘한 거야."

"그야 당연하지."

"존 던은 아깝게 됐군."

밴쿠버SCC와 여러 차례 교류를 가졌던 이신은 존 던과도 안면이 있었다.

탁월한 실력을 가진 선수였는데, 신지호라는 복병을 만나는 바람에 예선 탈락의 고배를 마시게 되었다.

"아무튼 대단하더라. 존나 명대사 아니었음? 캬, 살아 있으면 결국 승자가 된다니!"

박영호는 자기도 그런 멘트 하나 멋지게 날려줘야겠다며 명대사를 골몰하기 시작했고, 이신은 그런 주접을 보며 혀를 찼다.

아무튼 한국의 선수 3명은 모두 예선 통과.

한국은 현재 축제 분위기였다.

셋 다 한 판도 지지 않고 본선 진출을 했으니 당연한 일이었다.

그때, 문득 이신의 핸드폰이 진동을 했다.

아직 익숙하지 않은 스마트폰을 신중하게 조작하며, 이신은 통화를 터치했다.

"여보세요?"

―선생님!

밝고 경쾌한 반가운 목소리.

"주디?"

―네! 예선 통과 축하드려요.

"어."

―3경기 정말 멋졌어요. 이신교 팬 카페도 난리예요.

"어."

―히히, 그리고 인터뷰도 잘 봤어요.

이신은 주디가 왜 실실 웃는지 알 수가 없었다.

―정말 제가 특별한 존재라고 하신 거 맞아요?

"…뭐?"

―그것 때문에 한국에서는 저더러 신의 여자래요.

몹시 즐거워 보이는 주디의 목소리.

이신은 즉시 인터넷에 접속해 세계 SC 협회 홈페이지에 접속했다.

인터뷰를 보니 마지막의 이신의 대답이 이렇게 적혀 있었다.

'그녀는 내게 특별한 존재다.'

순간 황당함이 밀려왔다.

그 흑인 여성이 이신의 대답을 그런 식으로 멋대로 의역해서 써버린 것이다.

―정말 저를 특별하게 생각하세요?

"…마음대로 생각해."

―네~!

'어'나 '근데' 등 무뚝뚝한 말밖에 하지 않는 이신.

그럼에도 주디는 즐거워하며 재잘재잘 수다를 잘도 떨어댔다.

끊임없이 흘러나오는 주디의 이야기를 들으며, 이신은 어느새 자기도 모르게 미소를 짓고 있었다.

그리고 박영호는 그런 그를 심사가 뒤틀린 아니꼬운 눈길로 노려보더니,

"제기랄! 연습이나 해야지. 꼭 성공하고 말거야!"

무슨 이유인지 박영호는 악에 받쳐서 뛰쳐나가 버렸다.

*   *   *

예선을 마무리 짓고서 이신은 마계로 돌아왔다.

급한 불을 껐으니 이제 게임은 전부 잊고 72악마군주의 축제에 전념할 생각이었다.

'왔다 갔다 하며 큰 대회를 치르려니 보통 일이 아니군.'

다만 차이는 있었다.

현실에서는 이신 홀로 헤쳐 나가야 하지만, 마계에서는 그렇지 않다는 것이었다.

이신에게 힘이 되어주는 이들이 있었다.

"오셨습니까, 주군."

질 드 레를 필두로 사도들이 이신을 반갑게 맞이하였다.

"연습은 잘하고 있었고?"

"예, 이걸 보십시오."

질 드 레는 웬 지도 한 장을 펼쳐보였다.

그것은 제13전장 그레이어스의 전체 지도였다.

"에헴, 제가 열심히 돌아다니며 그렸습죠."

콜럼버스가 자랑스럽게 나섰다.

이신은 지도를 면밀히 훑어보더니 만족스럽게 고개를 끄덕였다.

"정확하군."

"당연합죠! 명색이 신항로를 개척한 사람입니다, 제가."

콜럼버스가 그린 지도는 게임의 미니 맵처럼 상당히 정확했다.

덕분에 작전을 구상하기가 한결 수월해졌다.

질 드 레가 말했다.

"그리고 부재중이신 동안 저희가 나폴레옹과 오운 측과 함께 모의전을 치렀는데, 생각보다 템포가 빨라서 많이 고전을 했습니다."

"3 대 3이니까 당연한 일이지."

셋이서 조금씩만 병력을 모아도 상당한 전력이 된다.

때문에 초반부터 일찍 공세에 들어가기 십상이었다.

거기에 제13전장 그레이어스는 길목이 불규칙하고 복잡하여서 전투가 단조롭게 일어나지가 않았다.

그렇다 보니 서로의 움직임을 예측하기도 힘들어서 크고 작은 전투가 수시로 벌어졌다.

'결국 중요한 건 팀워크지.'

팀은 3인.

배를 움직이는 사공도 3인이었다.

서로 제각기 움직여서는 제대로 된 싸움이 되지 않는다.

함께 같은 방향을 향해 움직여야 하고, 현재 팀에서 그 이정표를 제시하는 역할은 나폴레옹이 맡고 있었다.

사실 한 명쯤은 조아생 뮈라나 항우처럼 두뇌보다 싸움에 특화된 맹장이 있어도 되지 않을까 하는 생각도 했었다.

그런 맹장 타입은 차라리 아무 생각이 없으므로 잠자코 오더가 떨어지는 대로 충실히 따를 테니 말이다.

하지만 제13전장의 구조를 지도로 한눈에 확인하니 생각이 달라졌다.

세세한 부분까지 일일이 오더를 내릴 수는 없다.

계속해서 속출하는 돌발 상황에서는, 각자 스스로의 판단력도 중요했다.

그런 의미에서 오자서는 역시 좋은 선택이었다.

나폴레옹의 오더를 순순히 따르면서도, 그 오더에 담긴 의미를 이해하고 임기응변을 발휘할 수 있는 인물이니 말이다.

'그럼 이제 나도 슬슬 준비를 해야겠군.'

축제를 앞두고서 이신은 따로 생각을 해둔 비장의 카드가 있었다.

아무도 흉내 낼 수 없는 그만의 무기를 연마할 생각이었다.

프로게이머이기에 생각해 낼 수 있는 무기 말이다.

제2장

각성

　최하위에서 49위까지 치고 올라오기까지 이신의 서열전 방식은 체계가 잘 잡혀 있었다.

　전략을 정하고 그 전략에 맞는 최적의 빌드 오더를 정한다.

　실전에 들어가면 상황에 따라 적절한 대응을 하며 전술 지시를 내린다.

　그리고 전투가 시작되면 병력 배치나 진형 등의 세부적인 사항은 현장의 지휘관들, 즉 사도들에게 맡겼다.

　이를테면, 전투 시의 컨트롤 부분만 사도들에게 맡기는 셈이었다.

　주디를 가르칠 때도 아바타를 조종하듯이 말로 플레이 지시를 일일이 내렸지만, 컨트롤 부분은 말로 어떻게 되는 게 아니었다.

하지만 이제 이신은 그 부분에 있어서 새로운 도전을 시도할 생각이었다.

'생각이 전달되는 방식이니까 말과는 달라.'

아무 생각이나 마구잡이로 전달되는 건 아니었다.

또렷한 형태로 이루어진, 전달하고자 하는 심상(心想)만 전해지는 방식이었다.

그래서 지금까지는 언어화된 생각만 전달하며 전 병력을 통솔했었다.

일단 이 서열전의 지휘 방식은 일반적인 커뮤니케이션과 달랐다.

절대적인 강제성!

일단 이신이 또렷한 형태로 구체화된 명령을 전달하면, 그건 하달된 상대에 동의를 구하는 게 아니다.

동의를 하든 말든 전달받은 대상의 육체는 일단 그 명령을 수행하기 위해 움직이게 된다.

물론 전달받은 대상이 그 명령을 이해하고 적극적으로 받아들였을 때 더 좋은 움직임이 나오지만 말이다.

그러던 중 이신에게 새로운 영감을 준 것은 팀플레이로 모의전을 했을 때였다.

같은 편인 질 드 레에게 지시를 내리다가 이신은 문득 의문이 들었다.

팀플레이를 할 때도 텔레파시로 서로 마음이 연결된 채 언어화된 지시를 내린다.

하지만 텔레파시는 어디까지나 상대의 '말'이 마음을 통해 전달되는 방식일 뿐이었다.

서열전에서 휘하 병력에게 지시를 내릴 때와는 분명히 개념이 달랐다.

그때 비로소 이신은 깨달았다.

'이건 상호 소통이 아니다.'

지휘하는 대상이 프로그래밍 된 유닛이 아닌, 살아 있는 사람이라는 걸 다소 신경 썼던 이신.

하지만 이건 소통 같은 게 아니었다.

일방적인 명령! 통제!

상대방의 동의나 배려 따위는 필요 없다.

그러니 꼭 상대방이 잘 알아들을 수 있도록 언어화된 명령을 내릴 필요가 없다.

물론 꼭 언어화된 명령만 한 건 아니었다.

어떻게 움직이면 좋겠다, 라고 연상하면 그대로 움직여진다.

하지만 머릿속에 연상하는 방식도 한계가 있었다.

인간의 인지력은 한계가 있기 때문에, 장면을 연상하는 방식으로는 디테일하게 일일이 할 수 없고 정신적으로도 상당히 피로해진다.

그렇다면,

'게임을 하듯이 해보자.'

그런 장면 연상을 활용한 지휘가 쉬워지도록 머릿속에 보조 도구를 만들면 된다.

그리고 이신은 이미 그런 도구들을 알고 있었다.

72명의 계약자들 중 유일하게 이신만이 알고 있는 도구!

그건 바로 키보드와 마우스였다.

마우스 커서가 드래그로 명령받을 대상을 지정하고 포인터로 클릭해서 이동이나 공격을 하게 한다.

그런 부분은 현실에서 질리도록 했기 때문에 쉽게 연상할 수 있는 부분이었다.

그런 식으로 명령을 내리면 아무리 해도 정신적으로 피로하지 않았다.

실제로 두 손으로 조작하는 게 아니므로 육체적인 부담도 적으니 말이다.

일단은 이게 얼마나 효과를 거둘지 실험해 보기로 했다.

"질 드 레, 잠시 나와 모의전을 하지."

"일 대 일 대결입니까?"

"그렇다."

"알겠습니다."

그렇게 질 드 레와의 모의전이 시작되었다.

질 드 레가 선택한 종족은 단연 마물.

이신은 늘 그랬듯 휴먼으로 상대했다.

모의전이 시작됐다.

시작하자마자 주어진 노예 4명을 본 순간, 이신의 실험 또한 시작되었다.

마음속의 마우스로 노예 4명을 드래그하고 마력석을 향해 클릭했다.

공격 명령이 없었으니 이건 마력석을 캐라는 뜻이었다.

그 결과,

'되는군.'

마력석을 향해 일제히 향하는 노예들.

거기에 이신은 한 술 더 떠, 노예 4명을 각기 다른 마력석을 향해 일일이 지정했다.

스페이스 크래프트로 따지면 '일꾼 나누기' 컨트롤이다.

이 또한 제대로 이루어졌다.

그것도 평소보다 더 수월하고 부드러운 진행이었다.

이신은 미소를 지었다.

상상 속의 키보드와 마우스로 명령을 하달하는 지휘 체계 실험은 성공적이었다.

'아니, 아직 성공은 아니야.'

긴박한 전투 순간에도 컨트롤대로 병사들이 잘 따라올지 봐야 한다.

게다가 살아 있는 사람이었다.

프로그래밍 된 유닛처럼 다들 균일한 능력을 보여주는 게 아니었다.

그러니 컨트롤을 해도 제각각인 사람 특성 탓에 효과가 떨어질 수도 있었다.

모의전은 순조롭게 진행되었다.

건물을 짓는 것도 위치 지정 등이 아주 수월했다.

하지만 그런 실험과 상관없이 대결은 이신이 밀리고 있었다.

본래 휴먼과 마물의 종족 상성 구도가 그랬지만, 질 드 레가 이신에 대해 아주 잘 안다는 점이 컸다.

질 드 레는 이신이 가장 중요시 여기는 정찰을 적극적으로 방해했다.

헬하운드를 풀어서 정찰 루트를 차단.

그러면서 헬하운드를 다수 모아서 초반부터 강하게 공격해 타격을 입힐 생각을 했다.

이신은 초반에 잠깐 질 드 레의 진영을 둘러본 것 이외에는 정보를 얻을 수 없었다.

'콜럼버스를 적극적으로 노릴 것 같은데.'

이신은 거의 육감으로 그런 판단을 내렸다.

정찰을 시도할 때마다 헬하운드가 자주 눈에 띠었다.

정찰 담당인 콜럼버스를 사살하려는 냄새가 살살 풍겨왔다.

콜럼버스는 이신의 초반 운영의 핵심이었다.

콜럼버스에 빙의하여야만 치유 능력을 펼칠 수 있기 때문이다.

'혹시 콜럼버스를 죽여서 내 치유 능력을 차단시키려는 게 아닐까?'

물론 콜럼버스를 죽이면 큰 이득이다. 하지만 질 드 레는 그렇게 단순한 생각만 갖고 움직이는 인물이 아니었다.

'콜럼버스만 없으면 이길 수 있다고 생각하기 때문인가?'

그렇다면 혹시나 질 드 레는 지금쯤 이미 상당수의 헬하운드를 숨겨 놓고 있다는 뜻이었다.

그 추측대로라면, 정말로 콜럼버스가 죽어서 치유 능력이 봉쇄되면 헬하운드 물량 공세에 이신이 위태로워진다.

경험, 그리고 기 싸움.

이신은 별다른 단서도 없었음에도 노련하게 질 드 레의 의도를 알아차렸다.

마침 잘됐다고 이신은 생각했다.

'다수의 헬하운드처럼 좋은 컨트롤 연습 상대가 없지.'

이신은 앞마당에 마력석 채집장을 짓는 걸 포기했다.

대신 병영을 늘려 지어 병력을 늘렸고, 대장간을 빨리 지어서 무기 개발에 착수했다.

그러면서 노예를 계속 투입해서 정찰을 시도했다.

정찰 목적은 질 드 레의 진영을 확인하는 게 아니라, 헬하운드의 숫자였다.

"크르릉!"

"컹컹!"

"으아악!"

정찰을 보낼 때마다 노예들은 헬하운드 무리에게 걸려 무참히 물려 죽었다.

활발하게 움직이는 헬하운드들을 보니, 확실히 질 드 레가 콜럼버스를 노리고 있다는 게 느껴졌다.

전장 전 지역을 커버하는 걸 보니, 헬하운드의 숫자도 꽤 많아 보였다.

더 이상 시간을 지체할 수 없다고 생각했는지, 질 드 레가 먼저 본색을 드러냈다.

상당수의 헬하운드 떼가 달려오는 모습을 정찰 보낸 노예가 발견했다.

'좋아, 이제 우리도 간다.'

이신 역시 꾸준히 모아 놓은 병력을 진군시키기 시작했다. 여차하면 치유 능력을 쓰기 위해 콜럼버스도 대동한 채였다.

이신이 과감하게 병력을 끌고 요격을 나오자 질 드 레는 놀랐는지 잠시 헬하운드들이 진격을 멈추고 머뭇거렸다.

하지만 이내 이신의 병력 규모를 보니 할 만한 싸움이라고 여긴 듯, 후퇴하지는 않았다.

과연 질 드 레는 솜씨가 제법이었다.

헬하운드들을 두 무리로 나누고, 그중 한 무리는 우회해서 이신의 본진을 빈집 털이하려는 듯한 모션을 취했다.

'많이 늘었군.'

한 무리가 상대하는 동안 다른 무리는 빈집 털이.

하지만 이신의 눈은 속일 수 없었다.

실은 그러는 척 하면서, 양방향에서 협공할 생각임이 틀림없었다.

저 정도 되는 헬하운드를 거느렸다면, 그런 방어적인 전술보다는 적극적으로 싸워서 상대 병력을 잡아먹을 생각도 충분히 해 볼 만하기 때문이다.

진다고 해도 서로 병력 피해를 입으면, 헬하운드를 빨리 소환할 수 있는 마물이 월등히 유리하다.

이신은 질 드 레의 계략에 호응하기로 했다.

이신의 병력이 빈집 털이를 두려워해 많이 나오지 못하고 전진과 후퇴를 반복했다.

헬하운드들도 두 무리가 활발하게 움직이며 전투를 개시할 타이밍을 쟀다.

그리고 어느 순간,

'지금!'

이신이 달려들었다.

거리가 가까워진 헬하운드 한 무리를 향해 달려들어, 일제히 사격을 했다.

석궁병 여럿을 상상 속의 마우스로 드래그하여 선두에 선 헬하운드 한 마리를 찍는다.

─콰콰콰콱!

"커헝!"

집중사격을 당한 헬하운드가 죽었다.

그런 식으로 몇 마리를 더 집중사격으로 사살하고 즉각 후퇴.

그러면서 맹렬하게 쫓아오는 헬하운드들을 1마리씩 집중사격해 사살하는 컨트롤도 선보였다.

방패병과 장창병이 항시 앞에 있어서 석궁병들을 보호하는 것도 잊지 않았다.

그런 놀랍도록 기민한 용병술에 질 드 레는 깜짝 놀라 양방향에서 싸먹으려던 것을 포기하고 물러섰다.

하지만 이번에는 이신이 거꾸로 뒤쫓으며 몇 마리를 더 죽였다.

'된다!'

놀랍게도 이쪽은 단 한 명의 피해도 없는 대승이었다.

장창병과 방패병이 추가로 소환되어 전력이 보강되자, 이신은 질 드 레의 진영을 향해 진격을 시작했다.

그러면서 앞마당에 마력석 채집장을 구축하고 특수병영에서 소환된 공병으로 투석기를 조립케 했다.

마음속의 마우스라는 방식이 이신의 지휘를 편하게 만들었다.

여러 가지를 신경 쓰느라 정신적으로 피로했던 것이, 이제 익숙한 프로게이머로서의 방식으로 바꾸면서 멀티태스킹에 용이해졌다.

질 드 레의 진영까지 밀어 붙인 이신은 그야말로 미친 듯이 싸웠다.

중간에 부대 지정 명령어 개념까지 시도하면서 컨트롤에 더 힘이 붙었다.

질 드 레는 다시 한 번 헬하운드 무리로 덮쳤지만, 흐르는 물처럼 자유자재로 진형(陣形)을 변화시키며 유려하게 싸우는 이신을 당해내지 못했다.

삽시간에 좌우로 산개하여서 학익진 형태로 싸우다가,

공격받는 좌익을 뒤로 물리면서 적을 끌어들이고,

방패병과 장창병으로 벽을 만들어 헬하운드들을 넓게 펼쳐진 진형 한가운데로 몰아넣고 포위섬멸시켰다.

그러면서 본인은 콜럼버스에게 빙의하여 치유 능력을 펼쳤다.

이런 전투는 스페이스 크래프트에서도 없는 방식으로, 이신은 즉석에서 서열전에 걸맞은 컨트롤 기법을 창조하는 기염을 토했다.

서열전의 지휘 체계가 익숙한 방식으로 바뀐 순간, 이신은 거의 신들린 것처럼 괴력을 발휘했다.

마치 각성이라도 한 것처럼 말이다.

"말이 나오지 않는군요."

모의전이 끝나고, 질 드 레는 진심으로 경악한 표정이었다.

"주군의 실력이 어디까지인지 이제 다 알고 있다고 생각했었습니다. 완전히 오산이었던 것 같습니다."

"생각보다 효과가 좋더군."

"대체 어떻게 그런 방식으로 싸우실 수 있는 겁니까? 전투 중에 종종 주군께서 비범한 판단을 내리는 경험은 많이 있었지만, 이렇게 병사들이 단체로 신들린 것처럼 싸우는 건 처음입니다."

질 드 레는 비결을 궁금해 했지만, 이신은 설명을 생략한 채 그저 어깨를 으쓱했다.

"그건 됐어. 아무튼 이 정도면 축제 준비는 끝난 셈이군."

"예, 그 누구도 주군을 이길 수 없을 겁니다."

질 드 레는 완전히 확신하며 단언했다.

*　　　　*　　　　*

새로 개발한 이신의 서열전 스타일은 나폴레옹·오자서와 함께한 합동 훈련에서도 빛을 발했다.

나폴레옹의 사도 2인과 질 드 레가 한 편이 되어서 3 대 3 모의전 상대가 되었는데, 여기서도 이신은 특유의 컨트롤로 전장을 거의 휩쓸다시피 했다.

세밀한 컨트롤로 교전이 펼쳐질 때마다 이득을 챙기니, 자연스럽게 주도권이 이신 측에게 넘어왔다.

뿐만 아니라 이신은 멀티태스킹도 유감없이 보여주었다.

빌드 오더를 계속 꾸려 나가는 와중에도, 병력을 잠시도 가만히 내버려 두지 않고 계속 움직였다.

끊임없이 치고 빠지며 상대를 도발하고 단 한 명이라도 적을 죽이고 빠지는 이득을 계속 챙겼다.

그러니 상대 측은 전투 현장에 신경이 쓰여서 아무것도 못하든가, 운영에 신경 쓰느라 전투 지휘를 못해 큰 피해를 입든가 둘 중 하나였다.

"대체 무슨 마법을 쓴 건가?"

모의전이 압승으로 끝나고, 나폴레옹이 물었다.

"그냥 새로운 지휘법을 고안했을 뿐입니다."

"내 생전 그런 전투를 보게 될 줄은 몰랐군. 시시각각으로 진형이 쉬지 않고 변하다니, 확실히 서열전이기에 펼칠 수 있는 용병(用兵)이지. 내가 오늘 개안(開眼)을 했네."

오자서도 이신에게 극찬을 해주었다.

"이러면 더욱 확실하게 각자의 역할을 확립할 수 있을 것 같군."

나폴레옹은 팀의 리더로서 의견을 제시했다.

그가 내린 방침은 역할 분담이었다.

오자서는 헬하운드를 활발하게 쓰며 팀을 위해 앞장서는 희생의 역할.

이신은 병영 병력과 치유 능력을 바탕으로 오자서와 함께 초중반의 전투를 맡는 방파제 역할.

그리고 두 사람이 방어막이 되어주는 동안 나폴레옹은 안전하게 성장하여서 투석기와 기사, 마법사 등 후반 지향적인 고급 병과를 구성한다.

'괜찮군.'

역시 나폴레옹은 팀플레이에 대한 개념이 어느 정도 잡혀 있었다.

2명이 1명을 밀어준다.

그리고 그 1명은 후반에 이를수록 힘을 받는 휴먼이 적절했다.

그 역할을 나폴레옹이 맡은 이유는 간단했다.

첫째, 나폴레옹은 투석기를 다루는 일에 누구보다도 자신이 있었다.

투석기가 잘 갖춰진 휴먼은 지상전의 왕자가 된다.

하물며 마계 서열 1위의 악마군주 아가레스의 계약자 나폴레옹이니 그 솜씨는 말할 필요도 없었다.

살아생전에도 툴롱 포위전에서 툴롱 항구를 진압할 최적의 포병 배치를 찾아내 이름을 떨치고 24세에 준장 계급을 달았다.

둘째, 이신의 무시무시한 병영 병력의 전투 능력.

이신 특유의 컨트롤과 치유 능력의 결합은 무시무시한 시너지를 일으켰다.

일반적으로 궁병·창병·방패병 등 병영 병력은 수비용이었다.

열기구에 태워 기습 용도로 쓰거나 그리핀에 태워 비행 편대로 활용하기 전까지는 수비에 활용하는 것이 최선인 병과다.

그런데 이신의 손에 의해 그 병영 병력이 공격적으로 전장을 누비고 적진을 돌파하는 전력으로 탈바꿈하였다.

나폴레옹은 그런 이신의 능력을 높이 평가해서 그런 역할을 맡긴 것이다.

"상황에 따라 달라지겠지만, 기본적으로 그대는 병영 병력을 활용하다가, 여유가 된다면 그리핀을 소환하여 활용하는 쪽으로 가는 게 낫겠다."

"알겠습니다. 하지만 역시나 중요한 건 시작 위치입니다."

"알고 있다."

나폴레옹은 고개를 끄덕였다.

"만약 내가 위태로운 위치에서 시작하게 되면, 내 역할과 그대 역할이 서로 바뀌어야겠지. 하지만 난 기본적으로 그대가 기동성 위주로 병과를 구성했으면 좋겠군."

이신의 전투 능력을 최대한 활용하자는 의견이었다.

이는 극도로 공격적인 이신의 스타일과도 맞아떨어지므로, 이신도 고개를 끄덕였다.

"좋습니다."

그렇게 준비가 차근차근 이루어졌고, 시일이 흐르자 마침내 축제가 시작되었다.

72악마군주의 축제의 서열전 대진은 랜덤으로 이루어진다.

무려 240만 마력이라는 막대한 대가를 노리고 16팀이 참가한 축제!

이 16팀 중 절반을 낙오시킬 첫 대전(大戰)은 사흘 전에 상대가 누구인지 통보되기로 결정되었다.

축제가 시작되었다는 것은, 그 첫 상대가 마침내 통보되었다는 뜻이었다.

이신 측의 상대는 다음과 같았다.

서열 10위 악마군주 나베리우스.
서열 24위 악마군주 마르코시아스.
서열 32위 악마군주 아스모데우스.

'다들 한 번도 붙어보지 못한 높은 서열이군.'

그래도 한 명쯤은 붙어봤던 계약자가 있기를 원했다.

셋 다 처음 겪어보는 계약자들이니 그만큼 변수가 많아진다는 뜻이었다.

상대 측에 대해 통보를 받게 된 후, 세 사람은 한자리에 모여 대책 회의를 가졌다.

"적어도 한 명은 내가 아는 사람이군."

가장 먼저 입을 연 사람은 오자서였다.

"악마군주들은 주로 전란의 시기에 눈에 불을 켜고 계약자를 물색했네. 내가 살던 시대도 계약자로 삼을 만한 영웅을 뽑기 좋은 시기였지."

그 말에 이신도 고개를 끄덕였다.

중국의 춘추전국시대와 삼국시대, 오호십국시대.

일본의 전국시대.

유럽의 백년전쟁과 나폴레옹 전쟁 시대 등등…….

이신이 지금껏 본 계약자들이나 사도들은 주로 그런 시기에 활약한 인물들이었다.

오자서의 말이 이어졌다.

"내가 살아 있던 시대에서 수많은 악마군주들이 탐을 내던 인물이 하나 있었지."

"손무(孫武)입니까?"

이신이 물었다.

오자서는 고개를 끄덕였다.

"그렇네. 악마군주들이 그토록 탐낸 인물은 바로 장경(長卿, 손무의 자)일세."

오자서의 말에 따르면, 손자병법의 저자이기도 한 손무는 당시의 전쟁 패러다임을 바꾼 인물이었다.

춘추시대의 전쟁은 전차(戰車) 위주였는데, 이는 평지가 많은 중원의 지리적 특성 탓이었다.

하지만 손무는 습지가 많은 오나라의 특성에 맞춰, 보병 위주로 군대를 육성했다.

보조적인 역할에 불과했던 보병을 주력으로 활용함에 따라, 산악과 숲을 가로지르고 은폐성도 높였다.

이에 따라 효율적인 양동·분진합격·기습·매복이 가능해졌고, 장거리 원정과 빠른 기동전이 가능해져 전쟁의 패러다임을 한 차례 바꾼 것이다.

이는 전차에서 보병으로 전투체계가 변화하는 시대상황을 가속화시켰다고 평가된다.

무엇보다 손자병법의 저자였다.

용병술을 넘어 전쟁의 본질을 논하는 이 명저에 대해서는 더 말할 필요도 없었다.

"장경은 나와 함께 당시 최강국이었던 초나라를 격파하는 데 큰 공훈을 했지만, 그는 나와는 전혀 다른 유형의 인물이었네."

"어떻게 달랐습니까?"

"입신양명의 야망을 품은 효웅(梟雄)이 아닌, 학자 같은 인물이었지. 다른 것보다 전쟁에 대해 연구하는 데 더 관심이 많았네. 속세에 얽매이지 않은 일종의 선인(仙人) 같은 자였다고 할까."

"그래서 악마군주들의 제안에도 넘어가지 않은 것이로군."

나폴레옹이 대화에 끼어들어 한마디 했다.

오자서는 고개를 끄덕였다.

"향락을 일삼는 왕에게 실망해 모두 버리고 은거한 장경인데, 원하는 게 있었을 리가 없지요."

아무튼 그 시대의 가장 큰 대어였던 손무를 놓치자 일부 악마군주는 그 차선으로 다른 인물을 계약자로 받아들였다.

오자서야 그전에 복수를 위해 이미 악마군주 안드로말리우스와 계약을 한 상태.

그러자 악마군주 아스모데우스는 차선의 차선으로 한 인물을 계약자로 낙점했다.

그게 바로,

"범려일세."

"악마군주 아스모데우스의 계약자가 범려입니까?"

"그렇네."

오자서는 다소 불쾌하다는 듯이 고개를 끄덕였다.

범려는 월나라의 책략가로 적대관계인 오나라의 오자서와는 서로 앙숙일 수밖에 없는 사이였다.

무엇보다도 범려는 오나라에 크게 패한 월왕 구천을 끝까지 섬기면서, 그 유명한 와신상담(臥薪嘗膽)의 복수를 성공하도록 크게 일조했다.

월왕 구천으로 하여금 오왕 부차에게 아부하여 방심시키도록 설득했고, 오왕 부차에게는 미녀 서시를 바쳐 향락에 빠지게 했다.

결국 타락한 오왕 부차는 버팀목이었던 오자서와도 크게 불화를 일으켰고, 끝내 절치부심 복수의 칼날을 갈고 닦았던 월나라에게 패해 항복하고 말았다.

모략뿐만이 아니라 상재에도 능통한 인물로, 모함을 받아 죽은 오자서로서는 좋아할 수가 없는 인물이었다.

"이야기를 들어보니 전략 전술의 능력보다는 모략에 특화된 인물이군. 악마군주 아스모데우스 또한 인간의 악의와 불화를 조장하는 관장하는 존재이니, 대충 어떤 성향을 가진 계약자인지는 확실해."

나폴레옹이 내린 결론에 오자서와 이신도 고개를 끄덕였다.

이신은 범려가 아마도 허를 찌르는 심리전을 즐기는 인물이리라 생각했다.

'상재에도 능했다고 하면 마력 관리도 잘하겠군.'

현실의 스페이스 크래프트가 자원 싸움이듯, 서열전 또한 전장 곳곳에 매장된 한정된 마력을 갖고 아귀다툼을 벌이는 생존 경쟁이었다.

사실 전투보다도 더 중요한 게 바로 상대보다 더 많은 마력을 확보하는 것.

거기에 능하다면 범려는 주의해야 할 경계 대상이었다.

'거기다가 서열 32위라면 다른 부분에서도 기본 이상은 한다는 뜻이다.'

서열전은 심리적인 요소가 더욱 컸다.

계약자 자신의 악마로서의 능력이나 사도들의 능력 등도 상대의 허를 찌르는 무기가 되기 때문.

"아무튼 범려가 다루는 종족은 마물입니다."

"재미있군. 동양이든 서양이든 병과 구성이 단순했던 고대 시절의 무장들은 주로 마물을 택하거든."

나폴레옹이 계속 말했다.

"악마군주 마르코시아스의 계약자는 전단이라는 자로, 이 친구 역시 종족은 마물일세. 자세한 것은 들어본 적이 없네."

"전단? 나는 잘 모르는 인물이군. 자네는 아나?"

오자서가 이신에게 물었다.

이신은 가만히 궁리하며 기억을 더듬어보았다.

다행히 평소에 읽어두었던 역사인명사전이 큰 도움이 되었다.

마침 중국 춘추전국시대의 유명한 일화가 떠오른 것이다.

"혹시 화우지계(火牛之計) 고사의 주인공인 그 전단이 아닌가 싶군요."

"화우지계? 그런 고사가 있던가?"

누구보다도 고사성어를 많이 만든 주인공인 오자서는 고개를 갸웃거렸다.

전단은 그보다 더 후대의 사람이니 오자서가 모르는 게 당연했다.

간단히 말하자면, 전단은 전국시대 말 제나라의 무장으로 연나라의 침공에 대항하여서 소의 뿔에 칼을 달고 꼬리에 불을 붙여서 달리게 해 적을 물리친 장수였다.

특이한 이야기라 다행히 기억해 낼 수 있었던 이신이었다.

"소의 꼬리에 불을 붙여서 적을 격파했다니 상식적으로 듣기 이상한 소리군."

오자서가 평했다.

그 답은 나폴레옹이 해결해 주었다.

"악마군주 마르코시아스의 능력이 불과 연관이 있지."

"역시나 악마군주의 힘을 빌렸군."

그제야 납득하는 오자서.

이신은 충분히 그럴 만하다고 여겼다. 당시에 적국인 연나라에는 중국사 최고의 명장으로 빠지지 않는 악의가 있었기 때문이다.

"종족은 마물 둘에 엘프 하나. 그리고 셋 다 고대 중국 출신. 악마군주 나베리우스가 그런 식으로 지명을 했군."

나폴레옹의 말에 이신이 물었다.

"나베리우스의 계약자가 누군지 아십니까?"

"모를 리가 있나."

나폴레옹은 어깨를 으쓱하며 말을 이었다.

"한때 3위까지 치고 올라와서 당시 2위였던 나와 대판 붙었다. 승패를 반복해서 결판을 짓기까지 상당히 긴 시일이 걸렸지."

제3장

축제의 시작

옥에 갇힌 채 죽음을 기다리는 남자가 있었다.

지난 삶의 역정을 회상하던 남자는 자신의 마지막 종착지를 보며 기가 차서 그만 웃고 만다.

"꼴이 우습구나. 천하를 호령했을 때가 엊그제인데."

회한(悔恨).

범인은 상상조차 할 수 없었던 수많은 삶의 사건들이 얼마 전의 일처럼 눈에 아른거린다.

인생이라는 건 대체 얼마나 많은 후회를 해야 하는 것인가?

—후회가 되나?

문득 누군가의 목소리가 들렸다.

아니, 목소리가 아니었다.

청각을 무시한 채 곧장 머릿속에 들어와 박히는 메시지였다.

'인간이 아니다.'

기이한 음성을 들은 순간 직감적으로 깨달을 수 있었다.

그러나 남자는 두려움을 느끼지 않았다.

그러기에는 남자가 살아온 삶이 너무나도 거칠었다.

"넌 누구냐?"

—나는 위대한 악마군주 나베리우스다.

"악마? 삿된 마귀란 말이냐."

—삿되고 삿되지. 이보다 더 삿될 수가 있을까?

순간 남자의 얼굴에 경계의 기색이 떠올랐으나, 이내 풀어져 버렸다.

남자는 고개를 절레절레 내저으며 말했다.

"마귀면 또 어떻겠느냐. 사악하기가 사람만 할까."

—상대와 목적에 따라 때때로 누구보다도 사악해지기도 하지. 하지만 다행히 자네에게는 사악한 짓을 하려고 온 게 아니니 경계하지 마시게.

"경계를 하든 말든 일단 모습을 드러내야 할 게 아니냐."

—그러지.

푸드덕!

기이하게도 감옥 안에서 문득 큰 새의 날갯짓 소리가 들렸다.

대체 어디로 들어왔는지 커다란 몸집을 가진 검은 학 한 마리가 칠흑빛 눈으로 남자를 바라보았다.

—이제 됐나? 까마귀보다는 덜 불길해 보이지?

"새하얗다면 상서로웠을 텐데."

남자는 그 와중에 농담을 건넸고, 악마군주 나베리우스는 푸드덕 홰를 치며 웃는다.

─마음에 드는 인간이로고.

"악마군주라 하였으니 마귀 중에는 왕쯤 되겠군."

─오, 상당히 높은 지위지. 72악마군주 중에 무려 서열이 24위니까.

"72명 중에 24번째라니, 뭐 그리 하찮은가?"

─실례로군. 우리들 마계에 악마들 숫자는 인간보다 훨씬 많다고.

"그래서 충분히 만족하고 있다는 건가?"

─만족했다면 이렇게 자네를 찾아오지도 않았겠지.

"……?"

─자네가 나에게 힘이 되어준다면 최고의 자리도 넘볼 수 있다고 생각한다네. 어떤가? 삿된 마귀들의 싸움은 흥미가 없나?

"제법 흥미가 있는 얘기이긴 하다만……."

남자는 다소 피로해진 기색으로 말을 잇는다.

"사냥이 끝나면 사냥개를 삶는 게 세상 이치일진대, 아직 사냥이 끝나지 않은 자가 또 이 사냥개를 찾아주는군. 그런데 이를 어쩐단 말이냐? 이 사냥개는 이미 토끼를 잡으려고 달리고 또 달려서 너무 지쳤느니라."

─지친 것은 제대로 된 보상을 받지 못했기 때문이지.

"글쎄, 인간은 믿을 게 못 되니 차라리 마귀들의 왕을 믿어보란 건가. 참으로 믿음직하군."

—어허, 이 친구 보게. 아무리 삿된 마귀라도 계약은 철저히 지키지. 지키고 싶지 않아도 그게 절대적인 법칙이거든.

"지키기 싫어도 말이지."

—하하, 그렇지. 그리고 사냥이 영원히 안 끝날 것 같은데 사냥개를 잡아먹을 이유가 없지, 무엇보다도 말이야.

검은 학, 나베리우스는 어깨를 으쓱하며 말을 이었다.

—거지들이나 키우던 개를 먹지. 마계에는 산해진미가 지천에 널려 있다네. 너무 풍부해서 같이 나눠먹어도 배가 터질 지경이야.

악마군주 나베리우스는 계속해서 자신을 따르면 충분히 대가를 받을 것이라는 신뢰를 보였다.

가만히 듣던 남자는 마계의 마귀들이 벌이는 서열전이라는 것에 관심이 생겼다.

—어떤가? 나는 과거의 영광과 변설을 관장하는 나베리우스. 나는 그대를 이 위기에서 구해줌은 물론이고 다시 예전처럼 귀한 대접을 받게 해줄 수 있다.

당장 내일 죽음을 앞둔 남자에게는 단비와 같은 제안일 터였다.

그런데 이어지는 남자의 대답은 뜻밖이었다.

"즉, 날 찾아와 이 같은 제안을 할 악마군주가 당신 하나가 아니라는 뜻이군."

—……

나베리우스는 그만 꿀 먹은 벙어리가 되고 말았다.

"그리고 과거의 영광이라……."

남자는 씁쓸한 미소를 지었다.

"그런 걸 되찾으면 이 덧없는 인생에 어떤 의미가 더 생긴단 말이냐."

─없지. 인간의 삶이란 결국 끝이 있는 법이니까. 하지만 나와 함께한다면 이야기가 달라지지.

나베리우스는 다시금 설득을 했다.

─끝에 다다른 인간이여, 어떤가? 나와 영생을 누리며 그대의 솜씨를 마음껏 부릴 수 있는 전장으로 가지 않겠나?

"영원히 전쟁 속에서 살란 말인가."

─그렇다. 돌이켜 보아라! 그대가 그대 자신의 인생에서 가장 큰 열정을 발휘했던 순간이 언제던가?

"……."

─가장 즐거웠던 순간은 또 언제던가? 비루했던 어린 시절? 아니면 쓸모를 다해 박대받은 끝에 오늘날에 이른 시절?

"비루한 어린 시절이라……."

문득 남자는 쓴웃음을 지었다.

그는 이내 나베리우스에게 물었다.

"지금은 비루하지 않단 말이냐?"

─그런 시기가 있었고, 이제 최후를 앞두었다 한들, 그대가 어찌 비루한가?

나베리우스가 되물었다.

위로보다는 눈앞의 이 남자를 인정하는 의미가 더 컸다.

"못난 처세를 거듭한 끝에 이 꼴이 되었으니 억울한 처사를 당했다 한들 이게 내 탓이 아니겠는가?"

남자는 급기야 눈물을 흘렸다.

탄식.

후회.

역경을 딛고 일어나 끝을 모르고 비상했던 시절이 저물고, 이제 몰락해 최후를 앞둔 남자의 애잔한 토로였다.

그에게는 수많은 기회가 있었다.

역사가 완전히 뒤바뀔 수도 있었다.

그러나 번번이 어리석게 기회를 놓친 끝에 오늘에 이르렀다.

"아직도 떠오르면 몸이 떨릴 정도로 비참했던 그 시절을 잊으려 노력했는데, 실은 바뀐 게 아무것도 없었다. 비참했던 시절에도, 잘나갔던 시절에도 지금도 그저 나라는 사람이 있을 뿐이었어!"

남자는 나베리우스를 노려보았다.

나베리우스는 남자의 강렬한 눈빛에 흥분을 느꼈다.

눈빛 속에서 역시나 자신이 찾던 엄청난 그릇의 인간이라는 것을 재확인했다.

"마귀들의 왕이여. 너는 네가 속한 세상에서 24번째라고 하였다."

―그래, 사실이다.

"그런 너의 지위가 이 비루한 나를 품기에 합당한 위치라 생각하느냐?"

─으음……!

악마군주 나베리우스는 검은 학의 형상을 하고 있음에도 끙끙 앓는 모습을 보였다.

이내 나베리우스가 말했다.

─그대는 당대에 비견될 자를 찾아볼 수 없는 명장일세. 나보다 더 높은 서열에 있는 악마군주도 얼마든지 제안을 해올 거라고 생각하네.

나베리우스가 택한 태도는 진솔함이었다.

─하지만 달리 말하지. 높은 서열의 악마군주의 제안도 받을 수 있는 자네지만, 거꾸로 자네를 얻는 악마군주는 높은 서열에 올라갈 수 있네. 자네가 비교해 봐야 하는 것은 현재의 지위가 아니라, 얼마나 더 진솔하고 정당한 대우를 해줄 수 있는 악마군주냐다.

"그게 당신이라는 건가?"

─그렇지.

남자는 문득 웃었다.

"재미있군. 자칭 진실한 마귀라니."

─나도 인간에게 알랑방귀를 뀌어야 하는 지금 내 상황이 조금 당혹스럽긴 하지. 어쩌겠나? 그대를 정말 절실히 필요로 한 건 내 쪽인데.

그 말에 남자의 웃음소리가 더 커졌다.

"죽음을 하루 앞두고 이렇게 재미있는 일이 벌어질 줄을 누가 알았을까."

─이보다 더 재미있는 나날이 펼쳐질 걸세.

나베리우스는 남자에게 더 가까이 다가갔다.

─말이 나와서 말인데, 솔직히 자네는 전쟁은 천재인데 그것 말고는 전부 엉터리란 말이지.

"무례할 정도로 솔직하군."

─인정해야지 뭘 어째? 간혹 자네처럼 재능이 한 가지에 다 몰린 얼빠진 인간이 있단 말이네.

"푸하하하!"

남자는 나베리우스의 적나라한 말에 박장대소를 했다.

놀림당한 일은 많지만, 오늘날에 이르러 이렇게 대놓고 자신에게 악평하는 이는 오랜만이었다.

그렇다고 험담을 하려 들려는 태도도 아니니 남자로서는 더욱 신선하게 느껴졌다.

─근데 내게 필요한 건 딱 한 가지 있는 자네의 그 재능이란 말이지! 오직 그거 하나면 돼! 그거 하나로 난 네게 인세의 어떤 왕도 누리지 못한 호사를 듬뿍 줄 수 있어. 그런 거야말로 악마의 특기 분야니까!

"그것 참 알면 알수록 흥미로운 곳이군."

남자는 슬슬 나베리우스의 설득에 반응을 보이기 시작했다.

"나베리우스라고 했나?"

─그렇다.

"그대가 들어줄 수 있는 소원이 무엇이라고 했나?"

―과거의 영광을 되찾아줄 수 있다고 했지.

"하지만 난 이미 과거의 영광에 관심이 없다. 다시 그때로 돌아간 대도, 어떤 영화를 누린 대도 결국은 끝이 있을 거야."

―인간의 삶은 짧고 유한하니까.

나베리우스는 입맛을 다시며 대꾸했다.

자신이 이루어줄 수 있는 소원에 이 인간은 별로 관심이 없어 보인 탓이다.

"그런데 지금 막 소원이 하나 떠올랐어."

―그게 무엇이냐?

"내 이름이 영원히 후세에 전해지는 것."

나베리우스의 얼굴에 의외라는 기색이 띠었다.

자신이 굳이 힘쓰지 않아도 그의 이름은 이미 역사에 크게 남을 터였다.

"소싯적에는 빌어먹고 다녔고, 천운이 내린 기회가 왔음에도 번번이 놓쳐 몰락한 이 나라는 얼빠진 인간이 있었노라고."

남자는 차오르는 격동을 억누르며 말을 이었다.

"영광도 있었고 몰락도 있었던 한 인간의 이야기가 더함도 덜함도 없이 고스란히 전해지길 원한다. 그게 내 소원이다."

―정녕 소원은 그것뿐인가?

"그 이상 속세에 대한 미련은 없다."

―좋다, 이루어주마. 아주 쉬운 소원이다.

악마군주 나베리우스가 말을 이었다.

―너라는 사람의 이야기는 영원히 후세에 전해질 것이다. 때

론 인내하였고 때론 어리석었고, 그러나 불후의 명장이었던 네 이야기가.

"고맙군."

―자, 나와 계약을 하겠느냐? 그렇다면 네 피로써 서약해라.

파앗!

종이 한 장이 나타나 팔랑거리며 바닥에 사뿐히 내려앉았다.

계약서였다.

남자는 자신의 엄지를 물어뜯어 피로 서약했다.

―나의 계약자가 된 것을 환영한다, 한신!

"잘 부탁하지, 삿된 왕이여."

그들은 서로를 보며 웃었다.

＊   ＊   ＊

괴물 같은 초패왕 항우를 물리치고 유방에게 천하를 가져다 준 한신은 반역죄로 몰려 억울하게 처형당했다.

토사구팽의 일화를 남기며 삶을 마감한 한신은 나베리우스의 계약자가 되어 활동하기 시작, 처음에는 주춤했으나 이내 그의 재능이 서열전 방식에 적응하여서 활약을 떨치기 시작했다.

24위였던 악마군주 나베리우스는 한신을 만나 순위를 치고 올라갔고, 한때 서열 3위까지 이르렀다.

기적적인 활약을 떨치던 한신이었지만, 그의 앞길을 가로막은 사람은 당시 서열 2위였던 아가레스의 계약자 나폴레옹.

승리와 패배를 주고받으며 끝이 보이지 않는 접전을 펼친 끝에 아쉽게 패배.

그 뒤로 긴 세월 동안 엎치락뒤치락하며 서열이 오르내렸다.

그 결과 축제에 임한 현재, 서열 10위에 머물렀다.

중국사 최고의 명장으로 꼽히는 한신이나, 서열 10위부터는 다른 계약자들 또한 천재 중의 천재였던 것이다.

물론 이에 만족할 한신이 아니었다.

한신은 다시 정상을 노리고 치고 올라갈 기회를 엿보았고, 이번 72악마군주의 축제는 아주 좋은 기회였다.

―옛날 생각이라도 하셨는가, 나의 계약자여?

문득 한신의 머릿속으로 질문이 들어왔다.

그제야 한신은 거대한 마력을 지닌 존재의 기척이 아주 가까이에 있음을 감지했다.

화라락!

거대한 봉황(鳳凰)이 날갯짓을 하며 내려와 사뿐히 그의 저택 지붕에 앉았다.

길조 중의 길조.

영물 중의 영물이라는 봉황이었다.

한신이 살아 있던 시절에는 봉황이 출현하면 천하의 주인이 나타날 징조라는 전설이 있었을 정도였다.

하지만 상서롭기 그지없어야 할 봉황은 애석하게도 온몸이 새카매서 도리어 불길해 보였다.

고대 중국풍으로 잘 지어진 우아한 저택의 기와에 자리 잡은 검은 봉황을 보며 한신은 피식 웃었다.

"이번에는 봉황인가?"

─결전을 앞둔 나의 계약자에게 좋은 징조를 보여주고 싶었다네.

"도리어 재앙이 드리울 것 같으니 그만두고 내려오게."

─내 노력을 몰라주는군, 무례한 계약자 같으니.

검은 봉황은 마치 닭처럼 정신 사납게 푸드덕거리며 한신이 있는 연못가에 내려왔다.

어찌나 덩치가 큰지, 마당에 장식된 활엽수를 부수지 않기 위해 조심스럽게 몸을 웅크리고 있어야 했다.

얼마든지 변신을 할 수 있는 자가 그러고 있으니 한신은 고개를 절레절레 내저었다.

"무슨 일인가?"

─결전이 코앞인데 무슨 일이기는. 잘 되고 있나 해서 왔지.

"걱정이라도 되나?"

─걱정이야 안 되지만, 이번 상대는 의미가 크니 말일세.

"나폴레옹 보나파르트."

한신의 입에서 대적의 이름이 언급됐다.

그랬다.

다음 상대는 바로 나폴레옹의 팀이었다.

한신이 나베리우스를 서열 3위까지 끌어올리며 엄청난 활약을 떨칠 적에 그 승승장구를 가로막은 인물이었다.

그것은 단순히 한두 판으로 끝난 싸움이 아니었다.

최상위 서열의 악마군주들은 한번 맞붙으면 마력 총량이 10% 이상 벌어질 때까지 서열전을 연거푸 치른다.

그때 한신은 나폴레옹과 엄청난 승부를 펼쳤다.

눈부신 용병술과 기책을 펼친 한신.

이에 맞서는 나폴레옹은 탄탄한 전략 구상과 각 병과의 조화를 보여주었다.

특히나 한신이 나폴레옹에게 감탄한 부분은 바로 그 병과 간의 조합이었다.

석궁병, 투석기, 기사, 마법사 등을 모조리 써서 조화를 이루게 한 나폴레옹의 전술은 무시무시했다.

그것은 두 사람이 살았던 시대상의 차이였다.

병과 구성이 단순했던 고대의 무장이었던 한신보다는, 근대 시대에서 보다 체계화된 군사학을 연마한 나폴레옹이 조건상 유리할 수밖에 없었다.

때문에 투석기처럼 사거리가 긴 장거리 병과와 마법사처럼 큰 변수가 되는 강력한 화력을 내는 병과를 자유자재로 다룰 수 있었던 것이다.

'덕분에 많은 것을 배웠지.'

지금은 비록 서열 10위까지 떨어져 있었지만, 사실 컨디션에 따라 서열 5위에서 10위 사이를 넘나들던 한신이었다.

이제 다시 심기일전하여서 반등을 노리고 있던 차에, 72악마군주의 축제를 만난 것이다.

'다시 치고 올라가 설욕하고 1위를 쟁탈하겠다고 결심했는데, 마침 잘됐군.'

최종 승자가 되면 70만 마력이 떨어진다.

한 번에 서열이 반등되어서 좋은 계기가 된다.

철지부심 준비한 한신이었지만, 문제는 이게 일대일 대결이 아니라는 것.

3 대 3은 예측불허였다.

거기에 제13전장 그레이어스도 불규칙하고 지리가 복잡하여 앞을 알 수 없는 난전이 예상되었다.

고민이 많은 한신에게 나베리우스가 문득 물었다.

─그런데 의외인 것이 하나 있더군.

"뭔가?"

─왜 악마군주 아미를 지명하지 말라고 한 건가?

"아미라면, 항우인가?"

─그렇네.

"확실히 항우의 용맹은 대단하지."

유방의 60만 군세를 단 3만을 끌고 달려와 두들겨 패버린 항우의 용맹은 한신이 누구보다도 잘 알고 있었다.

사면초가라 불릴 정도로 물샐틈없는 포위망을 조성했음에도 그걸 뚫고 달아나더니, 추격하는 한군을 상대로도 거의 혼자서 연거푸 승리하는 게 아닌가?

하마터면 놓칠 뻔했던 그때의 일을 떠올린 한신은 이윽고 입을 열었다.

"하지만 그는 절대로 남의 아래에 있을 자가 못된다. 지금은 위치가 달라졌음에도 그 오만불손한 태도라면 여전히 날 경시하려 들 거야."

─하지만 그런 무식하고 용감한 녀석도 필요하긴 할 텐데 말이야.

"그런 자를 어르고 달래며 쓰는 일은 내 체질에 맞지 않는다."

한신은 사람 다루는 일에 서툴렀다.

한신이 힘을 발휘할 수 있는 것은 자신이 최고통수권을 갖고 지휘할 때뿐이다.

살아생전에도 한신이 정말 활약을 떨치기 시작한 건 유방의 파격적인 기용으로 대장군에 임명되고부터가 아닌가.

그래서 이번에 한신은 순순히 자신의 지휘를 잘 받아들일 계약자들만 골라서 지명했다.

보다 손쉽게 다루기 위하여 같은 문화권 출신에 자신이 알고 있는 인물을 고른 것이다.

그래서 고심 끝에 지명한 계약자가 바로 화우지계의 제나라 무장 전단, 그리고 와신상담의 월나라 책사 범려다.

그런 요소도 있지만, 무엇보다도 한신이 고려한 것은 바로 종족이었다.

'마물 둘에 엘프 하나.'

수많은 돌발 상황이 있을 수 있는 싸움에서는 이쪽이 먼저 선공을 취하고 상대가 방어하는 입장이어야 한다.

그런 주관에 따라 발 빠르고 전술적 기교를 부리기 용이한 종족 선택을 취한 것이다.

한신은 사정없이 상대를 쥐고 흔들며 교란시킬 생각이었다.

"내일의 싸움은 볼만할 거야."

─호오, 자신감이 대단하군. 기대하지.

＊　　　　＊　　　　＊

결전 당일, 제13전장 그레이어스에 여섯 악마군주와 여섯 계약자가 모인 일대 장관이 연출되었다.

눈에 띠는 것은 거대한 검은 봉황의 형상을 띤 악마군주 나베리우스였지만, 악마군주들은 도리어 깡마른 체격의 늙은 현자를 경외하고 있었다.

─악마군주 중의 군주께 경배를 올리는 바요.

나베리우스는 봉황의 모습을 취하고 있음에도 멋들어지게 예를 갖추며 인사했다.

늙은 현자는 너털웃음을 흘리며 말했다.

그의 입에서 사람이 도저히 낼 수 없는 기이한 음성이 흘러나온다.

─오랜만이군, 나베리우스. 우리가 겨뤘던 때가 엊그제 같구나.

─당신의 계약자가 훌륭하게 저희의 앞길을 막으셨지요.

─하하, 하지만 알다시피 우리도 꽤 고전했지. 그나저나 오랜만에 보는 얼굴들도 꽤 있구먼?

늙은 현자는 바로 서열 1위의 악마군주 아가레스였다.

아가레스의 말이 떨어지자 다른 악마군주들도 줄줄이 인사를 한다.

"마르코시아스입니다, 군주 중의 군주여."

날개가 날린 늑대의 모습을 띤 악마군주 마르코시아스가 으르렁거리는 듯한 괴이한 울음소리로 인사했다.

그는 전단을 계약자로 두고 있었다.

"겨루게 되어 영광이오, 군주 중의 군주여!"

인간의 몸에 황소, 인간, 염소 세 가지 머리가 달린 두려운 형상의 악마는 바로 아스모데우스였다.

그의 옆에는 계약자 범려가 있었다.

"같은 편이 되어 영광입니다."

한 손에 뱀을 휘감고 있는 남자는 악마군주 안드로말리우스, 계약자는 바로 오자서였다.

악마군주들이 인사해 올 때마다 서열 1위의 대군주 아가레스는 친절하게 웃으며 덕담을 나눴다.

그리고 그레모리의 차례가 되었다.

"이렇게 연이 닿아서 기쁘네요."

─오, 그레모리로군. 악마군주의 지위를 잃을지도 모른다고 하기에 많이 걱정했는데, 지금은 제법 사정이 괜찮은 모양이군?

"걱정해 줘서 기쁘네요. 좋은 계약자를 얻은 덕에 위기를 벗었어요."

─참 잘된 일이야.

아가레스의 시선이 문득 그레모리의 뒤에 묵묵히 서 있던 젊은 동양 남자에게로 옮겨졌다.

시선을 받은 동양 청년은 흠칫했으나 별로 겉으로 동요한 티를 내지 않았다.

악마군주들 중에서도 정점에 올라 있는 대악마의 시선을 받고 있음을 감안하면 대단한 평정심이었다.

─이신이라고 했던가?

"예."

─나폴레옹이 칭찬을 많이 하던데.

그 순간, 아가레스의 눈빛에서 검은 광채가 흘렀다.

그레모리는 흠칫했다.

─언젠간 강력한 도전자가 될 것 같다고 말이야.

그 발언에 모든 계약자와 악마군주의 시선이 이신에게로 집중되었다.

대군주 아가레스와 그의 계약자 나폴레옹이 인정한 인물.

나폴레옹이 가장 먼저 지명한 실력자가 바로 이신이었다.

상위에서는 소문만 들었을 뿐, 실제로 보지 못했던 이신의 실력이 곧 백일하에 드러나게 된 것이다.

"그렇게 봐주시니 영광일 따름이에요."

겸손하게 대답한 그레모리.

하지만 그녀 역시 이신이라면 결국 해낼 것이라고 자신하고 있었다.

"네가 이신이냐?"

뚜벅뚜벅 걸어와 묻는 장신의 사내.

허리춤에 찬 커다란 장검이 인상적인 검은 머리의 동양 사내였다.

이신은 고개를 끄덕였다.

"난 한신이라고 한다."

그러자 이신의 눈이 크게 떠졌다.

말로만 듣던 대장군 한신.

중국 역사에서 손꼽히는 명장이 눈앞에 있었다.

"영광입니다."

이신은 그에게 고개 숙여 인사했다.

"날 아나?"

"모르는 사람이 없을 겁니다."

한신의 얼굴에 만족스러운 미소가 지어졌다.

그때, 나폴레옹이 그들의 대화에 즉각 끼어들었다.

"어이, 날 만났을 때도 영광이라고 했던가?"

"안 했을 겁니다."

"내가 이 친구보다 못하지는 않았을 텐데? 같은 동양문화권이라고 대우가 다른 건가?"

"그땐 너무 갑작스러웠으니까요."

그리고 사실 이신은 누군가에게 영광이라는 표현을 쓰는 성격의 소유자가 아니었다.

지금은 그나마 많이 부드러워진 편이었다.

나폴레옹은 자신의 살아생전 업적을 늘어놓으며 한신과 말다툼을 벌였다. 황제가 되어 제법 괜찮은 법전까지 제정했다는 나폴레옹의 말에는 한신이 할 말이 없어졌다.

어찌 되었건 한신은 이신의 위아래를 슥 훑어보더니 입을 열었다.

"나와 비슷한 타입이군."

"예?"

"전쟁질 말고는 죄다 엉터리라는 소리 많이 듣지?"

"…전 공부도 잘합니다."

"역시. 자기 자랑을 대놓고 하는 걸 보니, 인간관계에 문제가 있겠군."

"……."

이신은 할 말이 없어졌다.

자신의 인간관계가 썩 좋다고 하기는 힘들었다.

"나도 그렇게 살다 보니, 죽을 때 내 편 들어주는 사람이 한 놈도 없더군. 날 천거했던 소하는 날 죽이는 계략에 동참했고."

"……."

"아직 살아 있을 때 후회 말고 잘 처신하며 살도록."

"참고하겠습니다."

"명심이 아니라 참고라니, 성격하고는. 영판 예전의 나 같군."

한신은 핀잔과 함께 혀를 찼다.

아무튼 나폴레옹이 높이 평가한 신진이니 눈여겨보겠다며 말을 남긴 한신은 이윽고 오자서에게 다가가 대화를 나누기 시작했다.

역사적 위인에게 똑바로 살라는 일침을 당한 이신은 정신적 동요를 느꼈다.

덜떨어졌다는 소리를 면전에서 들은 건 난생처음인 이신.

왠지 꼭 이기고 싶다는 생각이 무럭무럭 샘솟았다.

그렇게 담화가 이어지다가 마침내 아가레스가 입을 열었다.

─그럼 슬슬 시작하지?

[72악마군주의 축제를 시작합니다.]

[악마군주 아가레스, 그레모리, 안드로말리우스 님 대 악마군주 나베리우스, 마르코시아스, 아스모데우스 님의 서열전입니다.]

[서열전은 총 3회의 싸움으로 진행되며, 2승을 먼저 거둔 쪽이 승리합니다.]

[패자는 72악마군주의 축제에서 탈락합니다.]

[종족을 선택해 주십시오.]

제4장

활약

서열전이 시작되었다.

이신은 눈살을 찌푸렸다. 자신의 위치가 별로 좋지 않았기 때문이다.

시작 지점은 나폴레옹과 오자서가 각각 6시와 7시.

이신은 홀로 1시 지역에 동떨어진 상황.

그때, 머릿속으로 나폴레옹의 목소리가 들렸다.

'이신, 그대의 위치가 썩 좋지 않군.'

'예, 최악입니다.'

홀로 동떨어지다 못해 아예 가장 먼 대각선 거리였다.

아군과의 거리가 멀기 때문에 위기에 처해도 제때 도움 받기가 어려웠다.

'미안하지만 이렇게 되면 그대를 버리는 패로 쓸 수밖에 없겠는데.'

'당연합니다. 제게 공격이 들어오면 최대한 오래 버틸 테니 그 틈에 적을 치십시오.'

'알겠다.'

이신은 오랫동안 구상했던 방어용 심시티를 구축하기 시작했다.

식량창고와 병영을 광산과 이어 붙여 지으며 둥글게 담장을 두르듯이 심시티를 이루었다.

그 와중에 정찰을 통해 적의 위치가 알려졌다.

9시 마물.

11시 엘프.

그리고 3시에 마물.

엘프는 한 명밖에 없으니 11시는 한신의 진영이 확실했다.

한신 측 또한 이신 일행의 위치를 전부 파악했으니, 이제 홀로 떨어져 있는 이신을 타깃으로 노릴 게 분명했다.

이신은 고민을 했다.

'역시 화살탑을 지어야 하나?'

그것은 중요한 판단의 기로였다.

건물들을 빙 둘러 지어 바리케이드를 구축한 상황.

이 안에 화살탑 하나를 지어 올리면 디펜스의 화룡정점이다.

하지만 화살탑을 짓는 데 마력을 쓰는 건 생각보다 큰 투자였다.

그렇다고 마력을 아끼자고 디펜스를 소홀히 할 수도 없는 노릇.

이신은 고민 끝에 콜럼버스에게 지시했다.

'적이 공격해 오는지 정찰로 지속적으로 체크해라.'

"예!"

콜럼버스가 임무를 받고 뛰쳐나갔다.

적군이 이쪽으로 오는 게 확인되면 그때 가서 화살탑을 짓겠다는 선택이었다.

이것은 일종의 도박이었다.

콜럼버스로 하여금 미리 적의 공격을 알아내도록 경계를 보내긴 했지만, 확인하지 못한 루트로 우회해서 기습해 오면 때를 놓치게 된다.

하지만 이신은 거의 직감적으로 마력을 아끼겠다는 판단을 내렸다.

화살탑 지을 마력을 아껴서 대장간을 더 빨리 지었다.

궁병은 꾸준히 소환되었다.

그러면서도 이신은 긴장의 끈을 놓지 않았다.

'왜 아직 움직임이 없지?'

현재 전장의 중앙 지역은 양측의 마물들이 신경전을 벌이고 있었다.

첩보전.

헬하운드들이 계속 뛰어다니며 끊임없이 상대의 동태를 체크하는 중이었다.

상대 측의 두 마물인 전단과 범려를 상대로 첩보전을 벌이는 오자서의 역량은 썩 훌륭했다.

하지만 그런 오자서의 정보망도 11시 지역에 있는 한신에게까지 미치지는 못했다.

이신은 생각 끝에 두 사람에게 자기 생각을 전달했다.

'핵심은 한신입니다.'

'나도 그렇게 생각하네. 아까부터 느꼈지만 전단과 범려 두 사람은 철저히 한신을 보호하고 있었어.'

오자서가 거들었다.

나폴레옹은 조금 생각을 했는지 뒤늦게 말했다.

'내가 겪어본 한신은 매복과 기습의 달인이지. 어떤 체제를 준비하는지 알아내야 해. 어떤 체제냐에 따라 승부를 걸어올 타이밍이 달라지니까.'

그때, 이신의 두뇌가 초고속으로 회전되었다.

엘프의 초반 테크 트리는 엘프 어쌔신과 엘프 스나이퍼 둘 중하나였다.

엘프 어쌔신은 은신술을 펼쳐 몸을 숨길 수 있는 암살자.

엘프 스나이퍼는 막강한 관통력을 지닌 철장궁으로 일격에 직선상의 적 여럿에게 관통상을 입힐 수 있는 병과였다.

만약 한신이 지금 상황에서 둘 중 하나를 고른다면…….

'엘프 스나이퍼입니다.'

'엘프 스나이퍼?'

나폴레옹의 물음에 이신이 즉답했다.

'엘프 스나이퍼를 준비한 게 맞다면 이제 행동에 나설 겁니다.'

그 말이 떨어지기가 무섭게,

'놈들이 움직이오!'

오자서가 소리쳤다.

우르르 움직이는 대규모의 헬하운드 군단이 포착되었다.

오자서의 헬하운드들이 정찰로 발견한 광경이었다.

헬하운드 군단이 움직이는 방향은 북동쪽.

바로 이신의 진영이 위치한 1시 지역이었다.

'이신 그대를 노리는군. 약속한 대로 최대한 버티도록. 우리도 서둘러 움직이겠다.'

나폴레옹의 오더.

하지만 이신은 생각이 달랐다.

'아직 속단하기 이릅니다.'

'뭐?'

'한신이 안 보입니다.'

그랬다.

이신의 말대로 한신의 병력은 보이지 않았다.

'나폴레옹 당신의 핵심 전력이 투석기라는 것을 상대 측도 짐작할 겁니다.'

'그렇겠지.'

이윽고 나폴레옹은 단숨에 이신의 말뜻을 알아차렸다.

'날 밖으로 끌어내려는 의도라는 거군?'

'예.'

투석기를 움직이려면 분해와 조립이라는 번거로운 과정을 거쳐야 한다.

그런 이동성 문제 때문에 위험에 노출된 투석기는 그냥 포기할 수밖에 없다.

적은 그걸 노린 것이다.

'더불어 그대를 위협해 방어에 몰두하느라 움직임을 경직시키는 효과도 있고.'

'그렇습니다.'

'엘프 스나이퍼는 자네가 합류하지 못하도록 길목을 차단하는 역할을 하겠군! 그래, 전부 그대 말이 옳다! 한신의 책략이 뭔지 알겠어!'

과연 나폴레옹이었다.

몇 마디 말을 듣고 이신이 추측하고 있던 전체적인 그림을 모조리 파악해냈다.

'그럼 우리도 응수해 줘야지!'

나폴레옹의 자신만만한 태도로 오더를 내리기 시작했다.

'나와 오자서는 6시 반 방면의 길목에서 놈들과 싸우겠다.'

'그건 2 대 3이잖소.'

오자서가 위험을 경고했다.

나폴레옹의 말이 이어졌다.

'이신 그대가 중앙으로 진출해 길목을 끊어 후속 병력만 막는다면 해볼 만하지. 그때까지 한신의 엘프 스나이퍼는 사정을 모르고 엉뚱한 곳에 있을 테니 전력상으로도 병과 조합상으로도 이쪽의 우위다!'

나폴레옹의 기민한 전략 구상에 이신도 오자서도 나직이 감탄했다.

그렇게 모두가 움직이기 시작했다.

이신은 지금껏 준비한 병력을 모두 이끌고 나섰다.

때마침 희소식이 있었다.

[대장간에서 무기 개발이 완료되었습니다.]

궁병들이 모두 석궁병으로 진화했다.

창병은 장창병으로, 방패병의 방패는 사각방패로 진화됐다.

끝내 화살탑을 짓지 않고 테크 트리를 올린 효과가 나타난 것!

이신이 육감적으로 내렸던 판단이 맞아떨어진 것이다.

'이길 수 있다.'

이신은 확신을 갖고 움직였다.

모두 예상대로였다.

이신을 공격하나 싶었던 헬하운드 군단은 도중에 남하하여 나폴레옹과 오자서를 향해 질주했다.

만약 이신이 그 뒤를 쫓는다면, 한신이 배치시켜 놓은 엘프 스나이퍼들과 맞닥뜨렸으리라.

무시무시한 관통력을 지닌 화살을 쏘는 엘프 스나이퍼는 몇 명만 있어도 길목 하나를 완벽하게 지킬 수 있으니, 이신은 꼼짝없이 발목이 잡혔을 터.

하지만 이신은 그쪽으로 가지 않고 전장 중앙 지역에 자리 잡았다.

콜럼버스도 대동하여서 여차하면 빙의하여 치유 능력을 펼칠 태세도 갖췄다.

한편, 6시 반의 길목에서 양군이 충돌했다.

그쪽에 전진 배치시켜 놓은 나폴레옹의 투석기가 바위를 쐈고, 오자서의 헬하운드들이 투석기들을 보호했다.

적군은 헬하운드 군단 외에 한신이 이끄는 엘프 슈터들도 있었다.

엘프 슈터+헬하운드의 조합을 지닌 한신 일당.

투석기+헬하운드의 조합을 지닌 채 길목을 지키는 나폴레옹 측.

사정거리와 파괴력은 투석기가 우세하지만, 한신은 수적 우위로 이길 수 있다고 판단한 모양이었다.

—퍼어엉!

"케엑!"

"커헝!"

—쉬쉬쉭—!

"깨갱!"

치열한 접전.

한신의 판단대로 나폴레옹과 오자서는 수세에 몰렸다.

하지만 나폴레옹과 오자서의 본진이 가까이에 있다는 장점이 있었다.

계속해서 추가 병력이 합류하면서 간신히 버텨나갔다.

반면, 한신 측의 추가 병력은 중앙 길목에서 대기하고 있던 이신에 의해 막혀 버렸다.

"놈들이 왔다! 쏴라!"

이존효가 명령을 내리자 석궁병들이 일제히 볼트를 쏴 헬하운드들을 맞혔다.

엘프 슈터들도 장궁으로 활을 쏴서 맞대응했지만, 업그레이드된 이신의 병력은 쉽게 무너지지 않았다.

그제야 한신은 사태를 알아차린 모양이었다.

'놈들이 후퇴하오!'

오자서가 기뻐서 소리쳤다.

승리!

불리해지자 한신은 피해가 늘기 전에 6시 반 전투로부터 병력을 철수시킨 것이다.

철수하는 한신 측 병력은 그대로 북상하기 시작했다.

'이신 그대를 노리는군, 조심하게.'

그 와중에 한신은 철수시키는 병력으로 이신의 후방을 급습할 생각을 품고 있었다.

위의 후속 병력과 아래의 철수 병력이 협공한다는 전술이었다.

'내가 돕겠네!'

오자서의 헬하운드들이 급히 도우러 나섰다.

하지만 나폴레옹은 합류할 수가 없었다.

그의 투석기는 이동성이 너무 취약한 탓이다.

거기까지 순간적으로 계산했다면, 한신은 정말 무서운 명장이었다.

심지어,

'허, 이 와중에 저런 판단까지 내리나!'

오자서 감탄 반 한탄 반의 소리를 내뱉었다.

바로 엘프 스나이퍼!

한신의 엘프 스나이퍼 4명이 돕기 위해 올라가는 오자서의 앞길을 차단하고 있었다.

전장 중앙 지역의 싸움은 3 대 1로 이신 홀로 얻어맞는 꼴이

됐다.

한신의 기지(奇智)에 의하여 전황이 삽시간에 뒤바뀐 것이다.

협공받아 병력이 전멸당할 위기에 놓이자, 이신은 결단을 내렸다.

'제가 최대한 버티죠. 두 분은 제가 시간을 버는 틈에 적을 끝장낼 수 있는 전력을 확보해 주십시오.'

'알겠다.'

'알았네.'

두 사람은 수긍했다.

이윽고 펼쳐진 것은 이신의 사투였다.

컨트롤!

이신은 놀랍도록 정교하게 병력을 조종하며 싸웠다.

상대 측의 원거리 공격 병과인 엘프 슈터의 사정거리 밖으로 철저히 피해 다녔다.

그러면서 따라붙는 헬하운드들만 일점사격으로 제거해 나가니, 상당히 효율적으로 싸우며 시간을 끌 수 있었다.

거기다가 이신은 직접 콜럼버스에게 빙의하여서 치유 능력까지 구사했다.

방패병들과 장창병을 이끄는 이존효 역시 대활약!

중앙 지역에서 벌어진 전투에서 이신의 활약은 그야말로 특출한 것이었다.

물 흐르듯이 마음대로 뒤바뀌는 이신 군단의 진형(陣形).

한신 측은 헬하운드들을 넓게 펼쳐서 에워싼 뒤에야 간신히 이신의 병력을 전멸시킬 수 있었다.

그리고 곧장 전 병력으로 이신의 본진이 있는 1시로 진격했다.

거기서도 이신은 자신의 치유 능력과 심시티를 활용해 끈질기게 버텼다.

사방에 적밖에 없는데도, 잔존병력과 일하던 노예까지 총동원해 방어하는 이신의 방어 능력은 한신 측을 질리게 만들었다.

[계약자 이신 님의 모든 건물이 파괴되었습니다.]
[계약자 이신 님이 전장을 이탈합니다.]

가장 먼저 전멸을 당해 버린 이신.

"수고하셨어요."

그레모리가 반갑게 맞이해 주었다.

"전황은 어떻습니까?"

"같이 봐요."

그레모리가 이신의 어깨에 손을 얹었다.

그러자 서열전의 모든 상황이 이신에게도 보이기 시작했다.

전황을 본 이신은 확신할 수 있었다.

"이겼군요."

"카이저가 충분히 시간을 벌어준 덕분이에요."

한신 측은 이신을 끝장내느라 상당히 많은 병력과 시간을 소모했다.

그 틈에 나폴레옹과 오자서는 앞마당에 마력석 채집장을 구축하고, 막대한 병력을 모았다.

기사를 대량 소환해 기사단은 꾸린 나폴레옹은 투석기와 함께 진격하기 시작했다.

　고급 테크 트리의 병력 조합을 이루어낸 휴먼은 상당히 강력한 파워를 자랑했다.

　오자서 또한 마룡을 소환하여서 대공방어가 전혀 없는 전단의 진지를 습격했다.

　초반의 전투에 집중하느라 헬하운드밖에 없었던 전단은 오자서의 마룡에 대항하지 못하고 허무하게 전멸당했다.

　2 대 2.

　머릿수는 같아도 마력 공급 면에서 나폴레옹·오자서가 압도적으로 유리했다.

　그 와중에 체제 전환으로 엘프 어쌔신을 소환한 한신도 대단했다.

　엘프 어쌔신이 은신술로 후방 급습을 단행해 나폴레옹과 오자서의 골머리를 썩게 만든 것.

　하지만 결국 무시하고 진격한 나폴레옹의 판단이 주효했다.

　압도적인 전력으로 범려까지 끝장내자, 홀로 남은 한신은 도리가 없었다.

　[악마군주 나베리우스의 계약자 한신 님이 패배를 선언하셨습니다.]

　[악마군주 아가레스, 그레모리, 안드로말리우스 님의 승리입니다.]

　[한차례 더 승리할 시 악마군주 아가레스, 그레모리, 안

드로말리우스 님이 서열전에서 승리하시게 됩니다.]

첫 대결은 이신 일행의 승리였다.

*   *   *

첫 싸움이 끝난 후, 한신은 기분이 안 좋아 보였지만 의외로 냉정을 유지하고 있었다.

나폴레옹은 그런 한신에게 다가가 웃는 얼굴로 도발했다.

"기분이 별로 안 좋아 보이는데?"

자극을 좋아하는 나폴레옹다운 심술이었다.

한신은 기분 나쁘다는 듯이 대꾸했다.

"어쭙잖게 도발하지 마라. 내가 분하게 생각하는 상대는 이번에는 네가 아니다, 보나파르트."

한신의 일침에 나폴레옹은 어깨를 으쓱했다.

"오더를 내린 건 이 몸인걸."

한신은 코웃음을 쳤다.

"널 인정하지 않는 건 아니지만, 이번 군략(軍略) 대결은 내 승리였다."

"호오, 더 듣고 싶군."

나폴레옹은 자극을 받았는지 설명을 채근한다.

한신이 말했다.

"엘프 스나이퍼로 길목을 차단한 내 처음 의도를 간파한 건

칭찬해 주지."

"가장 먼저 알아차린 건 이신이었다고 솔직히 고백하지."

"하지만 처음부터 내 군략의 대전제는 전투를 치를 장소를 내 뜻대로 고른다는 것이었다. 한두 번 전투는 뜻대로 안 풀리더라도, 결국은 내가 이기는 상황을 만들 수 있으니까."

한신의 말에 나폴레옹은 생각에 잠겼다.

확실히 한신의 말대로였다.

6시 반 길목에서 벌어진 첫 전투는 우세하게 끝났지만, 곧장 한신이 태세를 전환해 이신의 군세를 협공할 때 다시 상황이 반전되었다.

엘프 스나이퍼가 오자서의 지원을 차단시켰으니, 거기까지 한신의 책략이 맞아떨어진 것이다.

나폴레옹은 고민 끝에 고개를 끄덕였다.

"좋아, 인정하지. 이번 대결에서 전략의 대전제는 네가 나보다 나았다."

"당연한 소릴 들으니 별로 고맙지도 않군."

그러면서 한신은 다른 곳에서 가만히 쉬고 있는 이신을 응시했다.

"그나저나 잘도 저런 인재를 찾아내 지명했군."

"그 안목만은 나의 승리였다고 쳐주시게나."

나폴레옹이 농담처럼 말했다.

양측의 두뇌 싸움이 치열했지만, 결국 한신이 이길 수 있었던 판이었다.

그런데 이신의 활약이 그 결과를 뒤집어 놓았다.

이신은 듣도 보도 못했던 교묘한 용병술로 양쪽에서 덮쳐오는 다수의 적을 상대로 놀라운 싸움을 했다.

귀신같은 거리 계산!

철저히 엘프 슈터의 사정거리 밖으로 피해 다니며 헬하운드만 처리했다.

또 본진에서 3인의 군세를 홀로 맞아 벌인 농성은 또 어땠던가?

건물 배치가 천혜의 요새 같았다.

거기다가,

"우리가 쳐들어오니 그제야 막 화살탑을 완공했더군."

"그랬나?"

"홀로 동떨어진 위태로운 위치였음에도, 마지막까지 화살탑을 짓지 않고 마력을 아꼈다니."

놀라운 배짱이었다.

그게 승패를 좌우한 요인 중 하나였다.

만약 일찌감치 화살탑을 지었더라면?

그래서 그만큼 대장간 짓는 시간과 무기 개발이 완료되는 시간이 늦춰졌다면?

모든 게 달라졌으리라.

승리의 포인트는 결국 그때 이신이 내렸던 육감적인 판단이었던 것이다.

한편, 승리의 주역인 이신은 기쁨에 취할 틈도 없이 묵묵히 다음 대결의 전략을 고민하고 있었다.

'한신의 전략 콘셉트는 나쁘지 않았다.'

그는 길목을 차단해 상대의 전력이 합쳐지지 못하게 했다.

다만 다른 길목으로 우회하는 걸 알아차리지 못했다.

'팀플레이의 핵심은 결국 적을 분산시키고 아군은 결집시켜서 각개격파하는 것이지.'

각개격파는 전쟁의 핵심이었다.

컨트롤 또한 아군의 화력을 집중시켜 적을 효율적으로 처치하는 데 그 의의가 있는 것이다.

'1승을 거뒀으니 다음 판은 좀 더 도박적인 승부수를 던져도 될 법한데.'

그랬다.

이것은 3판 2선승제의 다전제 승부였다.

이신이 한 번도 진 적이 없는!

고민 끝에 대략 구상이 끝나자 이신은 나폴레옹과 오자서를 불렀다.

대략적인 전략을 설명하니 두 사람의 반응이 아주 좋았다.

"성공한다면 확실하게 이길 수 있겠군. 파격적인 전략일세."

오자서가 감탄했다.

나폴레옹도 몹시 재미있겠다는 눈치였다.

"이런 종류의 전략은 나조차도 몇 번 겪어보지 못했지. 한신은 이걸 알아차리지 못하고 당할 거다."

"그럼 동의하시는 겁니까?"

"물론이고말고."

그렇게 전략이 결정되고, 마침내 두 번째 대결이 시작되었다.

시작부터 빠르게 정찰이 이루어졌다.

위치는 좋지 않았다.

이번에는 한신 일행은 12시, 1시, 3시에 모여 있는 형상.

그에 비해 아군은 서로 떨어져 있었다.

나폴레옹은 9시.

오자서는 6시.

그리고 이신은 11시.

이번에도 이신은 적과 가장 인접한 위험 지역에서 시작하게 되었다.

하지만 바로 아래에 있는 나폴레옹의 지원을 언제든 받을 수 있으니 이번에는 해볼 만하다 할 수 있었다.

더욱이,

'적들이 인접해 있으니 더 수월하겠군.'

이신은 자신이 제안했던 전략을 실행에 옮겼다.

놀랍게도 그는 본진이 아닌 바깥 지역에 병영을 건설했다.

이는 나폴레옹도 마찬가지였다.

병영 건설을 시작함과 동시에 이신은 노예 몇 명을 이끌고 적진으로 향했다.

오자서가 이에 호응하여 헬하운드들로 호위해 주었다.

도착한 곳은 12시 반 방면의 길목.

세 갈래 길로 갈라진 이 길목은 상대편이 위치한 12시, 1시,

3시를 연결시키는 교통의 요지였다.

12시 반 방면의 요지에 노예들이 도착했을 때,

[병영이 완공되었습니다.]

병영의 건설이 완료되었다.

프로게이머답게 단 1초의 오차도 없는 칼 타이밍이었다.

이신은 그곳에 화살탑을 짓기 시작했다.

완공된 병영에서는 궁병을 소환하면서, 이신은 마력이 모이는 대로 화살탑을 하나 더 지었다.

이신의 전략은 간단했다.

치즈러시처럼 서둘러 진출해 이 교통의 요지를 장악한다는 계획.

성공한다면 상대편을 초장부터 완벽하게 압박할 수 있다.

서로 연결된 중요한 길목이 차단되므로 상대 측은 원활하게 협력할 수 없게 되며, 특히 12시의 마물은 밖으로 한 발짝도 나오지 못하고 완벽하게 밀봉된다.

이 의도는 한신 측도 알아차렸다.

즉각 헬하운드들과 엘프 슈터가 뛰쳐나와 화살탑 건설을 저지하려 들었다.

하지만 이신과 나폴레옹의 궁병들도 빨리 달려와 오자서의 헬하운드들과 함께 맞서 싸웠다.

이신은 식량 창고까지 화살탑 옆에 붙여 지어서 바리케이드를 형성했다.

그러자 길이 좁아져서 상대 측의 헬하운드들이 한꺼번에 달려들지 못했다.

오자서는 좁아진 틈을 막고저 버텼다.

이신이 화살탑을 짓는 동안 나폴레옹은 병영을 더 건설하고 궁병을 모으는 데 집중하고 있었다.

때문에 나폴레옹의 궁병은 상당수가 모여서 시간을 끌기에 충분했다.

이신의 치유 능력이 합세하자 전투의 효율이 더 올라갔다.

그리고 마침내,

[화살탑이 완공되었습니다.]
[화살탑이 완공되었습니다.]

약간의 시간 차를 두고 화살탑 2개가 완성되었다.

이신의 궁병들이 화살탑 안에 들어갔다.

화살탑 안에서 화살을 쏘는 궁병들.

봉쇄진이 완성된 것이다.

한신은 더 싸워도 뚫을 수 없다고 판단했는지 일단 물러났다.

'성공이다! 하하, 한신이 많이 당황했겠군.'

나폴레옹이 유쾌하게 웃었다.

'이제 어떻게 하시겠소?'

오자서의 물음에 나폴레옹은 오더를 내렸다.

'속도를 내서 하나씩 끝내도록 하지. 특히 한신은 가만 놔두면 갖가지 전법을 써서 국면을 뒤집으려 들 거야.'

이미 앞선 첫 판에서도 거의 승기를 잡았음에도 불구하고, 한신이 엘프 어쌔신으로 기습과 교란을 구사하는 바람에 애먹은 바 있었다.

이번엔 그럴 기회도 주지 않겠다는 나폴레옹의 의지였다.

나폴레옹의 오더대로 세 사람은 병력을 모으는 데 집중했다.

대장간에서 무기 개발을 완료하고 궁병들이 모두 석궁병으로 진화되자, 나폴레옹이 공격 명령을 내렸다.

세 사람은 1시에 위치한 엘프, 즉 한신의 진영으로 쳐들어갔다.

한신의 위급함을 알고 전단과 범려가 헬하운드를 총동원했다.

하지만 화살탑 2채를 중심으로 심시티가 이루어진 방어 기지가 앞을 가로막고 있었다.

전단과 범려는 강행 돌파를 시도하였다.

'서둘러 끝내십시오. 제가 버텨보겠습니다.'

이신이 제안했다.

'알았다. 부탁하지.'

이신은 병력을 되돌려 방어 기지를 지켰다.

승부처였다.

한신은 나폴레옹과 오자서의 연합군을 막아낼 수 없는 상황.

한신이 할 수 있는 일은 최대한 길게 버티며 전단과 범려가 도우러 와주길 기다리는 것이었다.

이에 따라 이신의 역할은 나폴레옹과 오자서 한신을 끝장낼 때까지 이 방어 기지를 지키는 것이었다.

이신은 치유 능력을 동원하여 필사적으로 버텼다.

치유 능력은 사용할 때마다 1초에 5마력씩 소진된다.

덕분에 이신은 계속 가난한 채였다.

하지만 다행히 나폴레옹과 오자서의 후속 병력이 합류하여서 방어에 힘을 보태주었다.

그런데 그때였다.

[계약자 전단 님께서 고유 능력을 사용합니다.]
[저주의 불꽃이 전장에 소환됩니다.]

전단이 악마로서의 고유 능력을 펼친 것이다.

이윽고 하늘에서 검은 불꽃이 떨어져 전투 현장을 덮쳤다.

그 효과는 놀라웠다.

[저주의 불꽃에 닿은 적이 일시적으로 더 사나워집니다.]
[저주의 불꽃에 닿은 아군이 일시적으로 더 느려집니다.]

'뭐?'

그것은 공격 속도에 영향을 주는 저주였다.

행동이 느려진 이신의 병력은 갑자기 전단과 범려의 헬하운드 떼에게 밀려 버렸다.

화살탑 2채에 들어가 있는 석궁병 8명 외엔 전부 전멸해 버렸다.

화살탑도 곧 두들겨 맞아 무너질 위기였다.

'이제 여긴 내게 맡기고 저쪽을 도우시오!'

오자서가 소리쳤다.

'그러지. 마무리를 부탁하네.'

나폴레옹은 병력을 회군시켜 이신을 도왔다.

한신의 방어선은 이미 무너졌기 때문에 마무리는 오자서만으로 충분했다.

화살탑 2채가 무너지고 안에 있던 석궁병까지 전멸한 상황.

하지만 이신은 간신히 블링크로 콜럼버스를 빼내는 데 성공했다.

나폴레옹의 군세가 나타나자, 이신 역시 콜럼버스를 다시 전투에 투입했다.

콜럼버스에 빙의하여 치유 능력으로 도우니, 나폴레옹의 군대는 더 용기백배하여 헬하운드 떼를 밀어냈다.

그 위급한 와중에 콜럼버스를 살려낸 이신의 비범한 순발력이 돋보인 순간이었다.

방어 기지를 돌파하느라 이미 많은 병력을 소모한 전단과 범려는 계속 밀렸다.

하지만 사활이 걸려 있는 전투였으므로 끝까지 싸우는 두 사람이었다.

전황이 다시 유리해지자, 이신은 다시금 노예를 데려와 화살탑을 건설하기 시작했다.

질리지도 않고 다시 봉쇄진을 구축하기 시작한 것이다.

그걸 방해하려고 필사적인 전단과 범려였지만, 오히려 그걸 신경 쓰느라 전투의 효율이 더 떨어져 피해를 입었다.

빛을 발한 것은 이신의 마력 관리였다.

치유 능력 때문에 마력이 계속 물 새듯이 소모되는 상황.

하지만 이신은 치유 능력을 최소한도로 펼쳐 소비를 줄이고, 마력 최적화로 화살탑 건설 비용과 석궁병 소환 비용을 마련해 냈다.

그런 이신의 세심함이 빛을 발하면서, 국면은 이제 나폴레옹 측의 명백한 우세가 되었다.

화살탑 2채가 다시 완성됨과 동시에,

[계약자 한신 님의 모든 건물이 파괴되었습니다.]
[계약자 한신 님이 전장을 이탈합니다.]

한신이 전멸당하는 수모를 당했다.

2 대 3.

더욱이 봉쇄진 때문에 계속 압박을 받는 상황.

나폴레옹과 오자서는 여유가 생기자 앞마당에 마력석 채집장을 구축하여 마력 공급을 더 탄탄하게 만들었다.

전단과 범려는 이제 승산이 없다고 생각했는지 패배를 선언했다.

[악마군주 마르코시아스의 계약자 전단 님이 패배를 선

언하셨습니다.]

[악마군주 아스모데우스의 계약자 번려 님이 패배를 선언하셨습니다.]

[악마군주 아가레스, 그레모리, 안드로말리우스 님의 승리입니다.]

[0승 2패로 악마군주 나베리우스, 마르코시아스, 아스모데우스 님께서 72악마군주의 축제에서 탈락하셨습니다.]

이것이 치즈러시의 묘미였다.

도박성이 짙다.

하지만 일단 성공했다 하면 저 신출귀몰한 한신이 뭘 해보기도 전에 승부가 끝나 있게 된다.

앞선 첫판이 마지막 순간까지 결과를 알 수 없는 명승부였다면, 둘째 판은 나폴레옹 측의 압승이었다.

기뻐하는 이신 일행에 비해, 한신은 허탈하다는 표정이었다.

"비열한 책략이더군."

한신이 다가와 비아냥거렸다. 나폴레옹은 씨익 웃었다.

"비겁하다고 비난하는 건가?"

"비겁하지."

한신의 말이 이어졌다.

"아주 비겁한 게 딱 내 취향이더군. 내가 그런 생각을 못 하다니."

"하하, 그렇게 말할 줄 알았지!"

"완패다. 축제 참가에 쓴 5만 마력은 여러 가지를 배운 비용으로 치겠다."

"우리도 운이 좋았지. 다음에 다시 겨루길 바라지."

나폴레옹과 악수를 나눈 한신은 이어서 이신에게 다가왔다.

"이신이라고 했던가?"

"예."

"난 알 수 있다. 네가 낸 책략이지?"

"그렇습니다만."

"훌륭했다. 그걸로 한 가지는 깨달았다."

"무얼 말입니까?"

"첫 대결 때도 그랬고, 군인의 발상은 아니더군."

그 말에 이신은 내심 깜짝 놀랐다.

여태껏 마계에서 그걸 제대로 짚은 사람은 한신이 유일했다.

별로 내색하지 않았지만, 한신은 이신의 표정에서 그 감정을 읽었다.

한신은 피식 웃었다.

"어찌 되었건 하위 서열에 오래 머물 그릇으로는 안 보이는군. 언젠가는 서열전에서 만나 일대일로 겨룰 날을 기다리겠다."

"그때까지 지금 서열을 잘 유지하십시오."

"누구에게 말하는 거냐? 더 높은 곳에서 기다릴 것이다."

그렇게 한신은 악마군주 나베리우스와 함께 전장을 떠났다.

범려와 악마군주 아스모데우스 또한 일찌감치 떠나 버렸는데, 패장이 된 이상 오래 머물 필요를 못 느낀 듯했다.

오자서와 나폴레옹 측도 조만간 다시 만날 것을 약속하고는 떠났다.

그런데 아직 한 계약자가 남아 있었다.

바로 전단이었다.

전단은 이신에게 흥미가 있는지 둘이 대화할 기회를 기다린 듯했다.

"나는 제나라 사람 전단일세. 인세는 꽤 긴 세월이 지났을 텐데 내 이름을 들어봤나 모르겠군."

"알고 있습니다. 역사책에서 보았습니다."

"하하, 그런가? 그럼 자네는 어디 사람인가?"

"그 시절에는 조선이 있었던 땅입니다."

"아, 그쪽 출신이군. 거기까지 내 이름이 알려질 줄은 몰랐는데."

"우리나라에서는 딱히 유명한 건 아닙니다. 제가 역사에 관심이 많아서 알게 됐을 뿐이죠."

"흠흠, 자네는 정말 솔직한 사람이군."

전단은 겸연쩍어하며 핀잔했다.

이신은 문득 인간관계에 문제가 있다는 한신의 지적이 기억나 흠칫했으나, 그냥 신경 쓰지 않기로 했다.

"근데 자네가 읽은 역사책에 내가 어떻게 적혀 있던가?"

"화우지계로 연나라의 침공으로부터 제나라를 구한 명장으로 소개되어 있었습니다."

"하하, 그랬나?"

기분 좋아 우쭐해진 전단.

그러나 이내 어깨를 축 늘어뜨린다.

"쯧, 그랬는데 후대의 신진 앞에서 오늘 이름값도 못했군. 민망한 일이네."

전단은 이신과 여러 가지 대화를 나눴다.

주로 자신의 살아생전의 이야기를 들려주었다.

이야기를 들어 보니, 본래 악마군주 마르코시아스가 계약자로 탐낸 인물은 전단이 아니었다고 한다.

"악의였겠군요."

악의(樂毅).

연나라의 명장.

중국사 최고의 명장을 꼽으라면 한신과 함께 언급되는 이름이다.

"그렇지. 악의는 자네 나라에서 유명한가?"

"역사에 관심 있으면 이름은 들어봤을 겁니다."

"흠흠, 나와 비교하면 어떤가?"

전단이 은근슬쩍 물었다.

"악의를 더 많이 알고 있을 겁니다."

"……."

전단은 상당히 실망한 눈치였다.

하지만 한국에서도 관중이나 제갈량 같은 유명 인물이 스스로를 악의에 빗대었기에 이름만 알려졌을 뿐이었다.

"끙, 하는 수 없지. 그는 정말 대단한 무장이었으니까."

전단의 설명에 따르면, 악의는 제나라에 쳐들어와 불과 6개월 만에 70여 개의 성을 점령하고 수도 임치마저 함락시켰다고 한다.

그런 엄청난 활약을 떨치는 악의를 악마군주들이 탐내지 않을 리 없었다.

하지만 악의는 삿된 잡귀들이라며 악마군주들을 호통쳐서 쫓아낼 뿐, 도통 말을 들으려 하지 않았다고 한다.

그리고 그중 아쉬움이 남았던 악마군주 마르코시아스는 꿩 대신 닭이라고 제나라를 살펴보다가 전단을 발견했다고 한다.

그때 일개 하급 관리에 불과했던 전단은 위태로운 나라를 구하고 입신양명하겠다는 일념으로 제안을 받아들였다.

그렇게 전단은 혜성처럼 역사 무대에 등장했다.

전단은 엉망진창이 된 제나라를 수습하며 연나라 군사와 싸워야 했다.

일단 상대하기 꺼려지는 악의는 이간계로 해임 당하게 만들었다.

무서운 악의가 사라지고 기겁이라는 만만한 장수가 후임으로 나타나자, 그야말로 박살을 내놓았다.

화우지계로 대표되는 활약으로 대승을 거둔 전단은 악의에게 빼앗겼던 70여 개 성을 모조리 되찾는 데 성공했다.

"흠흠, 쓸데없이 옛날 얘기가 길어졌군."

"아닙니다, 재미있었습니다."

필요에 의해 역사 공부를 시작했으나, 이제는 나름 재미도 붙은 이신이었다.

당사자인 전단이 직접 이야기를 들려주니 한층 더 흥미로웠다.

"이런 얘기를 해주는 이유는, 구차하지만 이번이 내 실력의 전부가 아니라는 걸 알아달라는 뜻이었네."

"이해합니다."

"흠흠, 한신의 말마따나 자네는 하위 서열에 오래 있을 사람이 아닐세. 나중에 일대일로 겨루게 되면 그땐 부끄러움 없이 겨루도록 하지."

"그날을 고대하겠습니다."

"하하, 그럼 나중에 보세."

이내 전단도 작별을 고하고는 악마군주 마르코시아스와 함께 떠났다.

"우리도 이만 돌아가요."

그레모리가 다가와 말했다.

고개를 끄덕인 이신은 문득 궁금한 점이 떠올라 질문을 했다.

"이번에는 소원을 요구하지 못하는 모양이군요?"

"자신의 힘만으로 승리한 게 아니니까요."

"그런 제한을 걸었군요."

"만약 소원을 요구할 수 있는 율법이 축제에서도 적용되었다면 웬만한 악마군주를 능가하는 마력을 가진 계약자들이 범람했을걸요?"

이신은 그 말에 납득을 했다.

모든 팀에는 최상위권의 악마군주들이 포함되어 있었다.

까마득한 마력을 지닌 최상위 악마군주들에게 소원으로 1%의 마력만 받는다 해도 수만이었다.

이신은 이내 소원에 대한 미련을 버렸다.

'상위 계약자들에 비해 내 마력이 부족하지만 크게 상관은 없겠지.'

오늘의 싸움에서 이신은 자신감을 얻을 수 있었다.

물론 나폴레옹이나 한신 그리고 다른 계약자들도 자신의 실력을 100% 온전히 발휘하지는 못했다.

자신의 고유 능력이나 사도를 활용해 보기도 전에 승부가 결정 났기 때문이다.

하지만 그렇다 하여도 오늘 이신은 주도적인 활약으로 한신을 압도했다.

'일대일로 겨룬다 해도 해볼 만하겠어.'

이신은 마계에서도 최고가 되겠다는 야망을 불태웠다.

＊　　　　＊　　　　＊

[악마군주 이포스, 말파스, 오리아스 님의 승리입니다.]

72악마군주의 축제.

방금 전, 또 하나의 대결이 끝났다.

치열한 서열전을 모두 치른 계약자들은 하나같이 지친 기색을 하고 한숨을 돌렸다.

그때 구릿빛 피부에 거친 턱수염을 가진 사내가 동양인 무장의 행색을 한 남자에게 다가갔다.

"패배는 아프지만 축하한다고 해주지."

턱수염의 거친 사내의 말에 동양인 무장은 그저 가볍게 고개를 끄덕여 보인다.

턱수염 사내는 피식 웃었다.

"지독하던데."

"그렇소?"

"내가 살아 있던 시절에도 이 정도로 지독한 저항에 부딪친 적은 없었다."

사내의 말에 동양인 무장은 나지막하게 웃으며 대꾸했다.

"나 또한 살아생전에 한 번도 돌파당해 본 적이 없었소이다."

"크하하, 그러냐? 난 침략자 쪽이었는데 내가 오늘 임자를 만난 모양이군."

"내가 가장 싫어하는 게 침략자요. 그런데 당신은 싫지 않은 사내구려."

"하하! 어쨌든 축하한다. 다음에 서열전에서 만날 수 있게 되기를 바란다!"

"본인도 그때를 기다리겠소. 당신이 기다리는 서열까지 꼭 올라갈 것이오."

"이 나를 이긴 이상 최종 승자가 되기를 기원하겠다, 원숭환!"

"노력하겠소."

"그럴 땐 반드시 그렇게 하겠다고 맹세하는 게 사나이야!"

턱수염 사내는 동양인 무장의 등을 탕탕 치고는 떠나 버렸다. 비록 패배자였으나 마지막 모습까지 결코 기죽지 않은 모습이 보기 좋았다.

패배한 측이 모두 떠나가자 동양인 무장은 털썩 주저앉았다.

"휴우, 어떻게 이겼는지도 모르겠군."

그의 이름은 원숭환.

서열 16위의 악마군주 이포스의 계약자였다.

지명권을 가진 최상위의 열여섯 악마군주 중 가장 서열이 낮았던 이포스 측의 팀인만큼, 일찍 패배할 가능성이 높은 약체로 점쳐지고 있었다.

반면 상대는 최종 승자로 유력한 실력자였다.

그런데 오늘 원숭환은 이변을 연출하는 데 성공한 것이다.

"수고하셨어요."

구릿빛 피부에 황금으로 치장한 여인이 다가와 상냥하게 말을 건넸다.

찢어진 눈매와 애교가 많은 인상을 가진 그녀는 살아생전에 이집트라는 나라의 통치자였다고 했다.

"수고하셨소. 덕분에 간신히 이길 수 있었소."

"별말씀을요. 그대의 전략이 성공을 거둔 것이지요."

"역시 당신을 가장 먼저 지명한 게 최고의 선택이었소."

"호호, 전 처음에는 실망했지만요. 이제 와서 고백하지만, 전 나폴레옹의 지명을 받고 싶었거든요."

"별로 놀랍지도 않은 고백이구려."

원숭환은 피식 웃었다.

그때, 또 한 명의 거한이 대화에 끼어들었다.

"하하하! 원숭환이라고 했나? 나보다 꽤 후대의 장군인가 본데 덕분에 나도 승리에 편승하는군!"

껄껄 웃으며 대화에 끼어드는 이 사내는 바로 악마군주 오리아스의 계약자 동탁이었다.

동탁은 이신에게 패한 뒤 줄곧 60위와 61위를 왔다 갔다 하며 힘겹게 순위 유지를 하고 있었다.

그러던 차에 축제가 열렸고, 동탁은 가장 마지막에 원숭환의 지명을 받았다.

"모두들 수고했소."

원숭환은 두 사람을 치하했다.

드워프, 휴먼, 오크.

그 흔한 마물이 한 명도 없는 특이한 팀 구성이었다.

하지만 원숭환은 이 팀을 지휘하며 오늘 최고의 대결을 펼쳤다.

2승 1패로 처음부터 끝까지 결말을 예측할 수 없었던 대접전!

'그래도 살아생전에 치렀던 전쟁보다는 편했다. 지금은 같은 편이 말이 잘 통하니 말이야.'

사실 동탁은 원숭환이 원하던 선택이 아니었다.

마지막 남은 악마군주가 오리아스였기 때문에 어쩔 수 없이 그 계약자 동탁이 자동으로 원숭환의 팀에 들어왔을 뿐이었다.

동탁처럼 안하무인하고 탐욕스러우며 흉포한 인물을 싫어하는 원숭환으로서는 달갑지 않았으나 어쩔 수 없는 부분이었다.

역사적으로도 유명한 무뢰배인 동탁.

후한을 망하게 만드는 데 결정적인 역할을 한 그를 원숭환은 좋아할 수가 없었다.

원숭환은 망해가는 명나라를 위해 고군분투했던 명장이었기 때문이다.

하지만 다행히 한 팀이 된 동탁은 군소리 없이 지시에 잘 따르는 모습을 보였다.

이번 싸움에서도 바쁘게 뛰어다니며 역할을 다했다.

기마군단을 이끌고 원숭환의 지휘에 따라 이리저리 바쁘게 뛰어다니며 싸워야 했던 동탁.

마치 부하 장수 취급을 받는 그런 상황에서도 불만의 목소리 하나 없이 자신을 낮추니, 원숭환도 동탁에 대한 반감을 다소 잊을 수 있었다.

'잘하면 최종 승자가 되는 것도 노려볼 수 있겠어.'

현재의 팀 조합이 마음에 드는 원숭환이었다.

설령 한신 측을 상대로 2 대 0 압승을 거뒀다는 나폴레옹 측과 싸운다 해도 자신이 있었다.

제5장

영원(寧遠)

17세기 초.

원숭환이 악마군주 이포스를 처음 만난 것은 떠돌아다니기 좋아하던 젊은 시절의 일이었다.

산길을 헤매던 원숭환은 해괴한 일을 겪었다.

"원숭환."

흠칫.

어두워지기 시작한 늦은 저녁이었다.

원숭환은 어딘가에서 들려오는 기이한 음성에 경계심이 들었다.

"누구냐?"

"원숭환."

또 들리는 음성.

"누구냐고 했다. 모습을 드러내라!"

원숭환이 호통쳤다.

그러자 어딘가에서 대답이 들린다.

"드러낼 테니 너무 놀라지 않길 바란다."

음성의 주인이 모습을 드러냈다.

미리 경고를 받았건만, 원숭환은 너무나 놀라 기절할 뻔했다.

상대는 사람은 물론 짐승조차 아니었다.

사자의 몸, 오리의 머리와 다리, 토끼의 꼬리······.

이게 무슨 해괴한 짐승이란 말인가?

"놀라지 말라고 했는데 결국 놀랐군?"

해괴한 짐승은 심지어 유창하게 사람의 말까지 했다.

"너, 넌 뭐 하는 짐승이냐! 요괴냐?"

"요괴라. 그래, 그거라고 해두자."

"이, 이 해괴한 요괴 놈!"

원숭환은 지팡이를 무기삼아 들며 소리쳤다.

짐승은 그런 원숭환을 빤히 바라보았다.

"쯧쯧, 의외로 겁이 많군? 꽤나 배짱 있는 인간인 줄 알았더니."

그제야 원숭환은 마음을 추슬렀다.

한낱 요괴 따위에게 두려워하는 모습을 보일 필요가 없다고 여긴 것이다.

하지만 그럼에도 몸의 떨림을 완전히 억제할 수는 없었다.

이런 일은 처음이었다.

본디 성격이 대담하여 어떤 일에도 좀처럼 겁먹지 않는 원숭환이었다.

그런데 이상하게 눈앞의 짐승 앞에서는 두려움을 떨칠 수가 없었다.

해괴할 뿐, 그다지 무섭게 생긴 요괴는 아닌데도 말이다.

저 이상하기만 할 뿐인 모습이 다가 아닐 거라는 예감이 들었다.

원숭환은 애써 침착해지려고 애썼다.

그런 그를 보며 짐승은 킬킬거렸다.

"방금 한 말을 취소하지."

"…뭣?"

"내 앞에서도 이 정도로 침착성을 유지하고 있으니 실로 용감한 인간이 아니냐. 일반인이었으면 심장이 멎었을지도 모르는데."

"네가 어떤 요괴인지는 알 수 없으나 그 의도가 좋은 것 같진 않다. 내 말이 틀렸느냐?"

지팡이를 꼬나 쥐며 원숭환이 물었다.

짐승이 말했다.

"틀렸어, 난 아주아주 좋은 의도를 갖고 있거든."

"듣고 싶지 않다!"

결말이 좋지 않은 민담 설화가 떠오른 원숭환은 짐승에게서 휙 등 돌렸다.

도망치듯이 떠났는데, 옆을 보니 짐승이 따라오고 있었다.

"저리 가라!"

"어이, 내 말은 들어봐야지?"

"난 네게 볼일이 없다."

"그래그래, 대꾸하지 않아도 되니까 말만 들어보라고."

"닥쳐라!"

"난 서열 22위의 악마군주 이포스라고 하는데 말이지."

"군주? 왕이라도 된단 말이냐?"

"오, 역시 내 말에 관심이 있군?"

"큭, 꺼져라!"

원숭환이 듣든 말든 짐승을 쉴 새 없이 떠들어댔다.

귀를 막고 마구 떨치려 하는데도 쏙쏙 들어와 뇌리에 박히는 짐승의 이야기.

악마군주들의 서열 경쟁과 서열전이라는 전쟁 시스템 등…….

원숭환은 들을수록 흥미로운 짐승의 이야기에 관심을 갖지 않을 수가 없었다.

결국,

"허어, 지옥의 죄인들로 전쟁을 한단 말이냐?"

"물론이지, 우리의 경쟁 때문에 전쟁으로 마계가 황폐화되면 안 되잖아?"

"허어, 국토의 피해를 억제하면서 병법을 겨루는 전쟁이라니, 효율적이긴 하나 지옥의 죄인들이 가엾도다."

"뭐 어때? 지옥에 들어갈 만한 죄를 지은 놈들인데. 그리고 공을 세우면 그만큼 죄를 탕감받기도 하니 그놈들에게도 오히려 좋은 기회지."

"허, 백성들이 고통받는 것보다는 차라리 좋구나."

"그럼그럼, 물론이지."

원숭환은 어느새 악마군주 이포스와 활발하게 대화를 나누게 되었다.

"그래서 나에게 널 위해 그 전쟁을 치르란 말이냐?"

"그렇지. 물론 넌 지더라도 털끝 하나 다치지 않으니 부담 가질 필요도 없어."

"재미있는 이야기구나. 그런데 왜 하필 그런 제안을 내게 하는 것이냐? 난 일개 방랑객일뿐이다."

"난 언제나 자질을 보지."

"내 자질이 요괴 세계의 왕들 중 하나인 네가 관심 가질 정도란 말이냐?"

"물론이다."

"믿을 수가 없군."

"믿으래도. 난 네 재능이 개화하기 전에 미리 찜해놓으려고 찾아온 거니까."

원숭환은 짐승의 제안을 흘려들으려 했다.

하지만 그는 본디 군사(軍事)에 관심이 많았다.

병법을 공부하거나 퇴역 병사에게 국경 상황을 묻기를 즐겨할 정도였다.

그런 원숭환이었기에 흥미로운 요괴들의 전쟁 놀음에 관심이 가지 않을 수 없었다.

"지옥에 어떤 작자들이 있는지 궁금하지 않아?"

"……."

"조고도 있는데."

"그 유명한 간신배가 지옥에 있었구나!"

"아, 물론이지. 간신배, 폭군 다 있지."

"주왕(紂王)도 있나?"

"오, 달기랑 같이 사이좋게 지옥에 있지. 죄업이 상당해서 꽤 오래 벌 받는 한 쌍이야."

"허, 그럼 걸왕(桀王)도?"

"다 있어, 네가 아는 유명한 죄인은 전부 다!"

"놀라운 일이로다."

"나랑 같이 서열전 치르다 보면 그런 죄인들을 병사로 부릴 수도 있다니까?"

호기심이 들어 원숭환은 마음이 흔들렸다.

"그런데 내가 네 제안을 들어주면 넌 그 대가로 내게 무엇을 해줄 수 있느냐?"

일단 거래 조건을 한번 들어나 보자는 질문.

하지만 이포스는 히죽 웃었다.

"난 용기와 대담성을 관장하는 악마군주 이포스다. 이를 이용해 여러 가지 소원을 들어줄 수 있지."

"용기와 대담성이라……."

"뭐, 내가 크게 인심을 쓸게. 네가 살아 있는 동안 세 가지 소원을 들어주마."

"세 가지?"

"그래. 어때? 구미가 확 당기지 않아?"

"끄응……."

원숭환은 이포스라는 이 요괴의 제안이 꽤나 괜찮다고 느꼈다.

하지만 아무래도 상대가 해괴한 요괴다 보니, 자신을 속이는 건지도 몰라 신뢰할 수가 없었다.

"뭐, 아직 시간이 많으니 천천히 생각해 보라고."

이포스는 서서히 모습을 감추며 말을 이었다.

"나는 악마군주 이포스. 내 이름을 기억해라. 필요해지거든 언제든 부르도록."

그렇게 해괴한 짐승은 사라졌다.

그로부터 많은 세월이 흘렀다.

세상은 점점 흉흉해졌다.

만주족을 통합하고 국호를 대금(大金)이라 천명한 누르하치가 대군을 움직여 명나라의 요동 거점인 무순을 함락했다.

이에 명나라 또한 병부시랑 양호로 하여금 맞서 싸우게 해 정세가 어지러워졌다.

원숭환이 문관으로 입관한 것도 바로 이 시기였다.

전쟁은 결국 명나라의 대패.

이미 쇠퇴할 대로 쇠퇴했던 명군은 만주의 영웅인 누르하치를 당해내지 못했던 것이다.

명나라가 크게 위협받으며 풍전등화의 위기에 처하니, 원숭환도 걱정되지 않을 수 없었다.

원숭환은 결국 옛날에 만난 그 해괴한 요괴를 떠올렸다.

"이포스."

"불렀나?"

눈앞에 예의 그 해괴한 짐승이 다시 안개처럼 스르륵 모습을 드러냈다.

"정말 꿈이 아니었구나."

원숭환은 눈앞에 나타난 이포스를 보며 침음했다.

"슬슬 소원이 생겼지?"

"…그렇다."

"흐흐흐, 그럼 거래를 하자고."

결국 원숭환은 이포스와 계약을 하고 말았다.

그렇게 원숭환은 계약자가 되었고, 약속했던 세 가지 소원도 시작되었다.

"내 첫 번째 소원은 금과 맞서 싸워 나라를 지키는 것이다."

"그래, 나라를 위해 싸우게 해달라는 것이군?"

"그렇다."

"얼마든지."

이포스는 불길하게 웃었다.

그 뒤 원숭환은 곧 병부(兵部) 직방사주사(職方司主事)로 임명되었다.

그는 대담하게도 홀로 변장을 한 채 적진을 염탐하였다.

그러고는 적의 사정을 파악하고 돌아와 군마를 주면 요동 수비를 책임지겠다고 장계를 올렸다.

후금에게 크게 패하고서 불안하던 차에 원숭환이 그런 일을 해내니, 달리 믿을 만한 사람이 없었던 황제는 그에게 군자금 은 20만 냥을 주어 산해관을 지키게 했다.

산해관은 후금이 명나라를 침입하기 위해 반드시 거쳐야 하는 관문이었다.

원숭환은 다시 이포스를 불러 두 번째 소원을 요구했다.

"이곳에 절대로 무너지지 않는 방어선을 구축하고 싶다."

"절대로 무너지지 않는 방어선이라……."

"어려운가?"

악마군주 이포스는 히죽 웃었다.

"좋지, 절대로 뚫리지 않을 방어선을 구축할 수 있도록 해주겠다."

그렇게 두 번째 소원이 이루어졌다.

이포스의 협조 덕분일까?

원숭환은 구상대로 만주족이 침입하여도 뚫리지 않을 튼튼한 방어선을 구축하기 시작했다.

산해관 앞 200여 리에 영원성을 축조하였고, 포르투갈로부터 전래된 홍이포를 전진 배치시켰다.

대포를 다룰 수 있는 포병을 훈련시키며 군사를 기르니, 사뭇 달라진 명나라의 기세에 후금도 쉬이 침범하지 못했다.

'좋다. 이제 시작이다.'

금주(錦州), 송산(松山), 대릉하(大陵河), 소릉하(小凌河) 등의 요새에 병력을 배치하여 장대한 방어선을 구축했다.

두 번째 소원은 그렇게 이루어진 것처럼 보였다.

그런데 문제는 조정의 간신배들로 인해 벌어졌다.

그동안 원숭환을 지지해 주었던 병부상서 손승종이 물러나고, 간신배 무리와 한패였던 고제(高第)라는 못난 인물이 나타난 것.

새로운 산해관의 책임자 고제는 황당한 명령을 내렸다.

"전군을 산해관까지 철수시킨다."

이 어처구니없는 명령에 원숭환은 크게 반발했다.

그러자 고제는 원숭환이 있는 영원성을 제외한 모든 요새에서 병력을 철수시켜 버렸다.

자신에게 밉보인 원숭환을 홀로 위태롭게 영원성을 지키게 만든 것이다.

그리고 마치 기다렸다는 듯이, 기회를 엿보던 후금의 누르하치가 16만 대군을 이끌고 침범해 왔다.

못난 인물 하나 때문에 기껏 형성한 방어선이 다 무너진 꼴.

원숭환은 화가 나서 악마군주 이포스를 불러 따졌다.

"넌 내게 거짓말을 했다! 절대로 무너지지 않는 방어선을 구축할 수 있게 해준다고 하지 않았더냐?!"

이포스는 히죽 웃으며 말했다.

"그랬지. 그리고 약속을 지켰고."

"…지켰다고?"

"암, 나는 지켰다. 네 두 번째 소원은 이루어졌어."

상대는 젊은 시절부터 수백 차례 전투를 벌여 한 번도 지지 않았다는 신출귀몰한 후금의 영웅 누르하치.

그 휘하에는 용맹한 만주족 16만 대군!

원숭환에게는 영원성과 2만이 안 되는 군대가 있을 뿐이었다.

'그런데 소원이 이루어졌다고?'

그 말을 들은 순간, 원숭환의 가슴 속에서 뜨거운 불꽃이 활활 타오르기 시작했다.

무능한 황제, 명 조정의 간신배들, 못난 소인배 고제, 무시무시한 적 누르하치……

그 모든 장애가 원숭환의 오기를 자극했다.

'오냐, 어디 한번 해보자!'

원숭환은 영원성에서 누르하치의 16만 대군과 결전을 치르기로 결심했다.

'난 절대로 무너지지 않을 것이다.'

누르하치와 그의 아들 홍타이지.

세계사가 인정하는 두 영웅 부자가 한 번도 이길 수 없었던 상대가 딱 한 사람 있었다.

후일 제갈량에 비견되는 영웅 원숭환의 전설은 그렇게 시작된 것이다.

*   *   *

[72악마군주의 축제 두 번째 서열전이 사흘 뒤에 시작됩니다.]

[두 번째 서열전 상대는 악마군주 이포스, 말파스, 오리아스 님입니다.]

어느 날 통보된 안내 음성이었다.

"악마군주 이포스라니… 굉장히 의외네요."

"어째서 의외입니까?"

"이포스는 얼마 전에 서열 16위로 올라섰어요. 지명권을 가진 악마군주들 중 최하위죠."

"실력을 단순히 서열만으로 가늠할 수는 없습니다. 컨디션이나 상대와의 상성에 따라 승률은 오르내릴 수 있으니 말입니다."

"하지만 상위로 올라갈수록 악마군주들의 서열전은 한두 차례로 승부가 갈리지 않으니 실력이 많은 영향을 주잖아요?"

"그도 그렇긴 합니다."

서열전의 최대 배팅 마력은 5만.

마력 총량이 수백만에 이르는 최상위 악마군주들의 서열전은 십여 차례에서 길게는 수십 차례에 걸쳐 싸워야 하는 무지막지한 대결이 된다.

한두 판은 운에 따라 승패가 갈릴 수 있다고 하지만, 수십 차례가 되면 명백한 실력 싸움이 된다.

그러니 그레모리의 말대로 서열 16위라면 실력이 16번째라고 해도 아예 틀린 말은 아닌 것이다.

그런 이포스 측이 첫 번째 싸움을 이겼다고 하니 의외라는 뜻이었다.

"팀을 잘 짰군요."

이신이 내린 결론이었다.

기본적으로 본인의 실력도 있으며, 팀플레이에 대한 이해도 좋을 것이다.

"이포스의 계약자가 누구입니까?"

"이름은 원숭환이고, 주로 고르는 종족은 드워프라고 들었어요."

"원숭환?"

이신의 눈이 크게 떠졌다.

어느 정도 유명 인물일 거라고 예상은 했다.

그렇지만 역사나 세계사에 유명한 명장이 한둘이 아니므로, 원숭환을 예상하지는 못했다.

'영원대첩의 원숭환이라니. 상당한 인물이었군.'

원숭환.

중국에서는 삼국지연의의 제갈량에 비유된다.

한국으로 치면 이순신 같은 존재였다.

누르하치의 16만 군세를 맞아 영원성에서 이틀 만에 격파한 영원대첩이 유명했다.

이에 크게 좌절한 누르하치는 시름시름 앓다가 죽었다.

대업을 이어받은 아들 홍타이지 또한 원숭환에게 격파당했는데, 금주성과 영원성에서 잇달아 후금을 패퇴시킨 그 승전을 영

금대첩이라 부른다.

청 태조 누르하치와 실질적인 청의 건국자인 태종 홍타이지가 한 번도 그의 방어선을 돌파하지 못했던 것이다.

한국에서는 생각보다 이름이 잘 알려져 있지 않지만, 원숭환은 그 정도로 대단한 인물이었다.

'어떤 스타일일지 짐작이 가는군.'

포르투갈에서 전래된 홍이포를 적극적으로 활용한 수성(守城)을 벌였으며, 국면을 파악하는 전략적 능력도 뛰어났다.

누르하치를 꺾은 뒤, 원숭환은 5년 안에 요동을 평정할 수 있다고 장담한 바 있었다.

왜냐하면 명나라와의 교역이 중단된 탓에 후금의 경제적인 상황이 크게 악화되었다는 것을 알고 있기 때문이었다.

요서 방어선만 잘 지키면 후금은 알아서 와해될 것이라고 원숭환은 생각했다.

원숭환을 도저히 이길 수 없다는 걸 깨달은 홍타이지는 요서 방어선을 크게 우회하여 만리장성을 넘는 전략을 썼다.

그 우회로는 너무나 멀어 보급이 불가능했지만, 홍타이지는 대대적인 약탈로 보급을 충당함은 물론 악화된 경제 사정까지 한 번에 만회하려는 계획이었던 것이다.

원숭환도 이를 알고 있었기에 잘 방비할 것을 수차례 경고했지만, 무능한 명나라 조정은 이를 흘려듣다가 크게 당하고 말았다.

북경까지 위험해지자 원숭환이 군대를 끌고 급히 달려와 싸워야 했을 정도였다.

지친 군대를 이끌고 수차례 전투를 치러 북경을 지킨 원숭환의 활약은 역시나 대단했지만, 홍타이지는 이미 목적을 달성한 뒤였다.

뿐만 아니라 홍타이지는 대대적인 반간계를 벌였다.

가장 큰 걸림돌인 원숭환을 역적으로 모함해 없애려 했다.

후금을 방문했던 조선 사신조차 알아챌 정도로 유치한 반간계였으나, 간신이 들끓고 약탈로 몸살을 앓은 명나라는 그 반간계에 넘어갔다.

명 황실은 물론 백성들까지도 모든 원흉이 원숭환이라며 비난.

악전고투로 북경을 지킨 원숭환은 그대로 사형에 처해졌다.

원숭환의 죽음을 신호탄으로 명나라는 내우외환으로 자멸.

홍타이지는 명나라를 멸망시키고 청나라를 건국한다.

황제, 신하, 백성 모두에게 책임이 있는 명나라의 멸망이었다.

"원숭환을 아시나요?"

"예, 어떤 스타일을 가진 전략가인지도 대충 예상됩니다."

드워프의 가장 무서운 무기는 바로 대포.

휴먼의 투석기와 사거리는 비슷하지만 파괴력은 훨씬 강하다.

또한 이동성도 일일이 분해·조립을 해야 하는 투석기보다 유리했다.

그만큼 연사 속도가 느리다는 단점도 있긴 하나, 그 대포 탓에 드워프는 장기전에 있어 휴먼의 천적이었다.

초반은 마물, 중반은 오크와 엘프, 후반은 드워프가 강력한 것이다.

휴먼은 그중 어디에도 포함 안 되니 가장 약한 종족이라 오해받아도 할 말이 없었다.

하지만 이신은 그런 휴먼을 택했다.

휴먼에게는 취할 수 있는 전략적 선택지가 상당히 다양하다는 장점이 있었다.

상대 팀의 리더가 방어전의 귀재인 원숭환이라면, 이신은 그런 디펜스를 내부로부터 붕괴시키는 견제 플레이의 달인이었다.

이를테면 요서 방어선을 우회하여 약탈전을 벌이는 홍타이지 같은 전략가인 것이다.

'재미있겠군.'

병자호란의 주범인 홍타이지를 그리 좋아하진 않았지만 말이다.

                    *   *   *

"하트셉수트."

"예?"

"악마군주 말파스의 계약자다."

악마군주 말파스는 현재 서열 39위였다.

그 계약자가 이집트의 유명한 여성 파라오인 하트셉수트인 모양이었다.

하트셉수트는 고대 이집트의 전성기를 가져온 위대한 여성 통치자였다.

집권 초기에는 직접 원정을 지휘할 정도로 적극적이었으며, 그녀의 통치 시기처럼 이집트가 평화로웠던 시절이 없었다고 한다.

뒤를 이은 파라오 투트모세 3세는 그녀가 물려준 기반을 바탕으로 왕성한 정복 활동을 벌여 이집트 사상 최대의 영토를 이룩했다.

"원숭환과 하트셉수트라. 훌륭한 콤비군."

"하트셉수트의 종족이 뭡니까?"

이신이 물었다.

"휴먼이다, 실력도 제법이었지."

"잘 아시는군요?"

이신이 의아해져서 물었다.

서열 1위인 나폴레옹이 39위밖에 안 되는 그녀와 만날 일이 없지 않은가.

나폴레옹이 답했다.

"내가 지명을 고려했던 계약자들 중 하나였네. 모의전으로 실력을 테스트해 보기도 했는데, 꽤 괜찮았어."

"드워프와 휴먼의 조합이라면, 상당히 방어적이겠군요."

원체 방어에 특화된 원숭환의 기질과 하트셉수트의 종족인 휴먼의 특성상 디펜스 라인이 굉장히 탄탄할 거라는 예상이 어렵지 않게 들었다.

그때 오자서가 대화에 끼어들었다.

"거기에 남은 하나, 오리아스의 계약자는 동탁이오. 동탁은 오크의 기마 전력을 잘 다루니, 빠른 기동성으로 방어선을 보조하는 역할을 수행할 거요."

동탁은 이신도 겨뤄봐서 비교적 잘 알고 있었다.

직접 빙의해서 말 타고 활 쏘며 싸우기도 했고, 상대의 병사를 현혹시켜 자기편으로 만드는 능력을 가지고 있었다.

이야기를 모두 종합해 본 나폴레옹은 심사숙고를 하기 시작했다.

"일단 싸움이 중반에 이르면 오크의 기마군단이 본격적으로 활약할 테고, 후반에도 드워프와 휴먼이 조합된 저쪽이 더 유리하겠군."

"그럼 초반에 일찍 승부를 보는 방법도 생각할 수 있을 것 같소. 오크도 휴먼도 드워프도 마물보다 초반에 병력 소환이 빠르지 않으니, 이쪽에서 주도권을 쥘 수 있소."

오자서가 말했다.

하지만 나폴레옹은 고개를 저었다.

"아무리 공격 타이밍을 일찍 잡아도 저쪽은 막아낼 방법이 있네."

"무슨 수로 말이오?"

"하트셉수트의 고유 능력은 건물 짓는 속도를 일시적으로 앞당기는 것일세."

"허, 그런 능력이라니!"

오자서는 깜짝 놀랐다.

"물론 그만큼 마력 소모도 있긴 하지만, 위급한 순간에는 큰 위력을 발휘하지."

초반에 공격을 받았을 때, 능력을 펼쳐서 화살탑을 일찍 짓는 다면 그만큼 방어력이 더 강해지는 것.

'그래서 원숭환과 하트셉수트가 좋은 콤비라고 한 것이군.'

생각해 보니 동탁의 현혹 능력도 유리하게 쓰일 지도 몰랐다.

동탁의 고유 능력은 현혹.

고유 능력을 사용하면 마력이 소모되므로, 소모되는 마력보다 더 값어치 있는 병과가 아니면 오히려 손해를 본다.

하지만 상대의 사도를 현혹한다면?

예를 들어 이신의 콜럼버스를 현혹해 버린다면?

그땐 빙의 능력을 가진 또 하나의 사도 마르몽이 소환되기 전 에는 치유 능력을 사용할 수 없게 되어버린다.

게다가 블링크와 마비침 등 콜럼버스의 장기가 역으로 되돌아 온다.

물론 동탁은 콜럼버스에 대해 아직 모른다.

이신은 동탁과 서열전을 치를 때 치유 능력을 펼치지 않았고, 콜럼버스가 블링크와 마비침을 얻은 건 그 이후의 일이었다.

하지만 이신이 빙의해서 치유 능력을 펼치기 시작하면, 동탁이 그걸 보고 콜럼버스에게 현혹을 사용할지도 몰랐다.

결국 이신의 치유 능력이 동탁에게 차단되는 건 마찬가지였 다.

'그럼 초반에도 우리가 유리할 게 없다는 뜻이다.'

보면 볼수록 원숭환이 팀을 잘 구상했다는 생각이 들었다.

"이러면 초반에도 중반에도 후반에도 우리가 유리할 게 없나. 하하, 곤란한데?"

나폴레옹이 웃으며 투덜거렸다. 하지만 정말로 낙담한 기색 따윈 없었다.

이신은 곰곰이 생각하다가 입을 열었다.

"그렇다면 초반을 포기하고 투자하여서 중반에 이르면 우리가 유리해지는 타이밍을 만들어야 합니다."

"그렇지. 저쪽도 초반부터 공세를 펼치지는 않을 테니까."

나폴레옹이 고개를 끄덕이며 동의했다.

"그럼 어떤 투자를 해야 한다고 보나?"

오자서가 물었다.

이신이 답했다.

"지상군 화력도 드워프가 있는 저쪽보다 유리할 게 없습니다. 그리핀 같은 비행 전력을 쓴다 해도, 저쪽은 석궁병, 드워프 총수, 오크궁기병 등 대응 수단이 많으니 오히려 우리가 더 리스크가 크지요."

오자서가 고개를 끄덕였다.

"그럴 걸세. 체제를 완벽하게 속인다면야 비행 전력으로 큰 전과를 얻을 수 있을 테지만, 그렇게 쉽게 속아줄 것 같지는 않군."

"하지만 지상전에 집중시킨 후에 기습적으로 비행 전력을 쓰는 전략은 쓸 수 있겠군. 그건 생각해 봐야겠어."

그 와중에 쓸 만한 전략을 한 가지 건져낸 나폴레옹이었다.

이신의 말이 이어졌다.

"그렇다면 답은 하나입니다. 원숭환의 대포보다 더 강한 화력을 낼 수 있는 수단에 투자해야지요."

"대포보다 더 강한 화력을 가진 수단이라……."

나폴레옹은 수수께끼를 받은 것처럼 생각에 잠겼다.

지형에 따라 투석기가 더 유리할 때도 있지만, 저쪽도 휴먼이 있기 때문에 투석기+대포라는 황금의 원거리 공격 조합과 정면 대응하기 어려웠다.

그때, 나폴레옹이 손가락을 딱 튕기며 말했다.

"그럼 마법사밖에 없지."

"그렇습니다."

이신은 고개를 끄덕였다.

강력한 파이어 스톰으로 일발역전의 변수를 만들어내는 마법사.

그것이 이신이 떠올린 전략의 키포인트였다.

제6장

난전

72악마군주의 축제, 그 두 번째 서열전 당일이 왔다.

―다들 오랜만이군.

제13전장 그레이어스에 모인 악마군주들은 서로 인사를 나눴다. 이번에도 서열 1위의 대군주 아가레스는 모두의 존중과 예우를 한 몸에 받았다.

그러는 동안 계약자들 또한 서로를 바라보았다.

"오랜만이에요."

머리부터 발끝까지 황금으로 치장한 아름다운 여인이 걸어와 나폴레옹에게 말을 건넨다.

매끈한 갈색 피부에 절로 눈길 가는 이 미녀는 단연 하트셉수트.

"또 보게 되어 기쁘구려."

나폴레옹도 신사적으로 화답했다.

미남자인 나폴레옹과 함께 마주 보고 서니 한 폭의 그림을 이루었다.

"날 같은 편으로 선택하지 않아서 얼마나 섭섭했는지 아시나요?"

"하하, 그렇게 내 선택을 받길 원했다니 뿌듯하군."

"여자의 원한이 얼마나 무서운지 오늘 알게 될 거예요."

"그거 좋군. 난 가시가 있는 자극적인 여자가 좋거든."

"그런 남자는 꼭 험한 꼴을 보던데."

"충분히 봤소. 그런데도 죽을 때까지도 정신을 못 차렸지."

나폴레옹의 너스레에 하트셉수트는 입을 가리며 웃었다.

하트셉수트의 눈길은 나폴레옹의 뒤에 있는 이신과 오자서에게로 향했다.

"어머, 저기도 잘생긴 남자들뿐이네."

말은 그렇게 하나, 그녀의 목소리는 교태가 전혀 섞여 있지 않았다.

이신은 그녀가 겉보기와 달리, 살아생전에 원정과 무역으로 이집트의 황금기를 이룩한 위대한 파라오였음을 알고 있었기에 방심하지 않았다.

"그쪽이 이신?"

하트셉수트가 이신에게 물었다.

이신은 고개를 끄덕였다.

"아직 살아 있는 인간이라지?"

"예."

"혹시 날 알아?"

"알고 있습니다."

"동방 사람으로 보이는데 그쪽까지 내 명성이 뻗쳤다는 거야?"

"그렇습니다."

하트셉수트는 만화, 게임 등 수많은 콘텐츠의 소재로 다뤄진 바 있었다.

남장을 한 채 이집트를 통치한 여성이라는 흥미로운 일생 때문이다.

다만 그녀가 남장을 한 이유에 대해 대중의 흔한 착각이 있었다.

그녀가 여자라서 권위가 서지 않았기 때문에 남장을 했다고 흔히들 알고 있지만, 그건 사실과 거리가 멀었다.

이집트의 파라오는 남녀 한 쌍.

그런데 이복형제이자 남편인 투트모세 2세가 일찍 죽고, 후계자인 배다른 아들 투트모세 3세는 당시 두 살에 불과했다.

결국 그녀가 이집트 통치 대행을 해야 했는데, 남녀 한 쌍이 파라오라는 이집트 세계관에 맞는 상징으로서 남장을 한 것이다.

여성 차별을 극복한 투쟁적인 여장부 이미지는 현대 대중의 취향일 뿐.

애당초 고대 이집트는 그다지 여성의 사회적 진출에 대한 차별이 없었고, 하트셉수트는 전전대 파라오 투트모세 1세와 정비 아흐모세의 딸로 태생부터 강력한 권위와 정당성을 지녔다.

후궁 소생인 투트모세 2세가 파라오가 될 수 있었던 것 또한, 그녀와의 정략혼으로 계승권을 얻은 덕이다.

참고로, 배다른 아들 투트모세 3세와의 불화설도 지금은 죽은 학설이 되고 있었다. 서로 사이가 긴밀했다는 증거가 많이 발견된 탓이다.

"내가 죽고서 세월이 얼마나 흐른 거야?"

"대략 3천 5백 년쯤 지났습니다."

"세상에, 내 미라도 남아나지 않았겠다."

"잘 보존되었다고 들었습니다."

대략 2007년쯤에 그녀의 미라가 아주 온전한 상태로 발견되었다는 글을 읽은 기억이 있는 이신이었다.

"역시 재미있단 말이야, 후세 사람을 만나는 것은."

"저도 마찬가지입니다."

유명한 옛 위인을 만나, 자신이 가장 좋아하는 실시간 전략 시뮬레이션 방식으로 겨룬다는 것은 이신의 큰 즐거움 중 하나였다.

"아래에서 무섭게 치고 올라오는 신입 계약자의 소문은 귀 따갑게 들었어. 조만간 우리에게 도전해 올 거라 생각해서 대비하고 있었는데, 이렇게 만나게 됐네."

"그렇군요."

악마군주 말파스와 계약자 하트셉수트는 서열 39위였다.

현재 49위인 그레모리와 이신이 곧 다다를 수 있는 순위였다.

하지만 이번 축제에서 최종 승자가 되면 막대한 마력을 얻어 순위를 한참 껑충 뛴다.

어쩌면 다시는 만날 기회가 없는 상대와 겨룰 수 있게 된 셈이었다.

그때였다.

"적과 무슨 대화를 그리 즐겁게 나누시오?"

동양인 무장이 다가와 대화에 끼어들었다.

하트셉수트는 미소를 지으며 답했다.

"이 젊은 남자가 바로 소문의 이신이에요."

"그렇소?"

원숭환은 흥미롭다는 눈으로 이신을 쳐다보았다.

"반갑소, 원숭환이오."

"이신입니다."

"어떻게든 인맥을 총동원해 당신들에 대해 조사를 하고자 했소."

원숭환이 말했다.

"그런데 활동 기간이 짧은 당신에 대해서는 알 수 있는 게 상당히 적더군. 하나 묻겠는데 당신은 장군이시오?"

"아닙니다."

"다행이구려."

"무엇이 말입니까?"

"나라를 위해 싸우는 것처럼 허망한 일도 없으니 말이오."

풍전등화의 명나라를 지키기 위해 싸운 명장의 말치고는 냉소적이었다.

　원숭환이 계속 말했다.

　"역적으로 몰려 처형당하게 되었을 때, 내가 악마군주 이포스에게 빈 마지막 소원이 무엇인지 아시오?"

　"……."

　"명의 멸망을 빌었소."

　원숭환은 놀란 이신에게 말을 이었다.

　"난 어리석었소. 가망이 없는 썩어 빠진 나라는 빨리 망하고 새로운 왕조가 들어서야 했소. 그런데 내가 쓸데없이 망해야 했던 나라를 조금 더 살려 놓은 거요."

　"확실히 당신의 죽음이 명의 멸망을 확정지었습니다."

　"내가 죽고서 가족들은 적이었던 금으로 달아나고, 내 아들은 홍타이지의 밑에서 전공도 세웠다지?"

　"……."

　"우습지 않소? 나라를 지키려 했더니 내 나라는 날 죽였고, 적국은 역적 집안이 된 내 가족을 받아주었소. 무엇 때문에 그렇게 싸웠는지 모르겠소."

　원숭환은 가만히 듣는 이신을 슥 살피더니 피식 웃으며 말을 이었다.

　"쓸데없는 소릴 했군. 아무튼 얼마나 실력이 뛰어날지 기대해 보겠소."

　그렇게 말하며 원숭환은 등 돌렸다.

―이제 시작하는 게 좋겠군.

악마군주 아가레스의 말에 그제야 계약자들은 결전에 임할 준비를 마쳤다.

[72악마군주의 축제를 시작합니다.]

[악마군주 아가레스, 그레모리, 안드로말리우스 님 대 악마군주 이포스, 말파스, 오리아스 님의 서열전입니다.]

[서열전은 총 3회의 싸움으로 진행되며, 2승을 먼저 거둔 쪽이 승리합니다.]

[패자는 72악마군주의 축제에서 탈락합니다.]

[종족을 선택해 주십시오.]

계약자들이 각자의 종족을 골랐다.

이신 측은 2휴먼, 1마물.

원숭환 측은 드워프, 휴먼, 오크.

그렇게 첫 대결이 시작되었다.

                    *   *   *

이신은 가장 먼저 위치부터 확인했다.

이신은 11시.

나폴레옹은 3시.

오자서는 6시.

'모두들 제각각 떨어져 있군.'

좋지 않았다.

특히나 이신은 아군과 가장 멀리 떨어져 있어 고립 위험이 컸다.

'다들 빠른 정찰을 부탁하지.'

나폴레옹의 첫 오더가 떨어졌다.

'제가 12시 정찰을 맡겠습니다.'

이신이 말했다.

'부탁한다. 난 1시를 맡지. 오자서는 5시를 부탁하네.'

'좋소.'

일단은 인접 지역에 적진이 있는지부터 확인한다는 취지였다.

상대를 위치를 알아야 거기에 맞춰 전략을 짠다.

아무래도 나폴레옹은 상대 측이 잠잠할 초반에 적극적으로 나설 생각인 듯했다.

이신은 콜럼버스를 시켜서 12시 지역을 확인했다.

오크가 보였다.

이신의 바로 옆 12시 지역에 동탁의 본진이 자리 잡고 있었다.

'발견했습니다.'

'1시는 없군.'

'5시도 없소.'

'오자서는 바로 9시 정찰을 해주게.'

'알겠소.'

'전장의 동쪽 일대는 적이 하나도 없고, 12시에 오크가 홀로

떨어져 있군. 잘하면 좋은 기회를 잡을 수 있겠는데?'

나폴레옹의 전략가적 기질이 슬슬 발동이 걸렸다.

나폴레옹은 재빨리 이신에게 오더를 내렸다.

'지난번 한신과의 마지막 싸움 기억나나?'

'12시를 봉쇄합니까?'

이신은 단박에 나폴레옹의 전략 구상을 알아차리곤 되물었다.

'맞다. 뜻이 잘 통하니 편하군. 최대한 빨리 12시 통로 봉쇄에
집중하라.'

'예.'

'오자서는 다른 두 사람의 이목을 돌려놓도록.'

'이해했소.'

병영을 짓고 궁병 1명이 소환됐을 때, 이신은 바로 출발했다.
궁병 1명과 노예 2명이 12시로 향했다.

소수였으나 궁병은 로빈 후드였고, 노예 중 콜럼버스가 포함되
어 있었다.

12시로 통하는 유일한 길목에 도착한 이신은 화살탑을 건설
했다.

화살탑 바로 위에 식량창고를 이어지어 심시티를 더했다.

동탁도 곧 알아차렸다. 오크 노예가 정찰에 나서려다 이를 발
견한 것이다.

'동탁이 눈치챘습니다.'

이신이 말했다.

'좋다. 셋 모두 전 병력으로 12시를 친다.'

나폴레옹의 판단은 12시 총공격이었다.

오자서가 놀라 물었다.

'12시 오크 진영을 먼저 끝낼 셈이오?'

'그러고 싶지만 욕심 부렸다가는 역습을 받겠지. 적당히 피해만 주고 바로 빠지는 걸세.'

오크에게 피해를 입혀 발전 속도를 크게 늦추고 12시 길목을 봉쇄할 시간을 준다는 의도였다.

'좋은 판단이다.'

이신은 나폴레옹의 전략이 괜찮다고 여겼다.

욕심내지 않고 적당히 타격 주고 바로 빠지면, 원숭환과 하트셉수트가 개입할 여지도 없이 상황이 종료된다.

'그리고 피해를 받은 동탁은 12시 길목 봉쇄를 돌파할 병력을 모으는 데 시간이 걸리겠지.'

동탁이 봉쇄된 사이, 다른 둘을 치면 3 대 2의 유리한 싸움이 된다.

나폴레옹의 궁병들과 오자서의 헬하운드들이 12시로 진격했다.

원숭환 측도 정찰을 통해 이 움직임을 알아챘다.

상황은 급박하게 돌아갔다.

[적이 출현했습니다.]

이신의 귀에 들리는 안내음.

동탁은 오크전사와 오크노예 4명을 끌고 나온 것.

12시 길목을 봉쇄하려 드는 이신을 격퇴하기 위해서였다.

하지만 나폴레옹과 오자서의 병력이 이쪽으로 오는 게 확인되자, 동탁은 놀라 본진으로 되돌아갔다.

상대 측 셋이 전부 이쪽으로 오니, 봉쇄 저지는커녕 본진 수비도 급급했다.

원숭환의 대응은 빨랐다.

오자서의 감시망에 원숭환과 하트셉수트가 병력을 끌고 동탁을 지원하기 위해 출발한 것이 포착됐다.

대응이 매우 빨랐다.

'정찰을 게을리하지 않았군.'

원숭환의 침착한 대응력을 알려주는 모습이었다.

'적들의 대응이 빠르군. 이거 시간이 촉박할 수도 있겠는데?'

나폴레옹이 갈등했다.

가장 좋은 건 역시 동탁에게 얼마간의 피해를 입힌 후에 잽싸게 빠져나오는 것.

하지만 시간이 지체되어서 동탁을 치는 도중에 원숭환·하트셉수트가 도착하면 적진 안에서 위아래로 협공받는 위험 상황이 연출된다.

너무 아슬아슬했다.

시간을 맞출 수 있을지 나폴레옹이 제대로 견적을 내기 어려워하는 것도 무리는 아니었다.

하지만 이런 견적을 초 단위로 귀신같이 계산하는 사람이 있었다.

'가능합니다.'

이신이 말했다.

'시간은 충분합니다.'

확신을 담아 강조하는 이신의 목소리였다.

덕분에 나폴레옹도 결정을 내릴 수 있었다.

'좋다! 지체 말고 동탁을 친다! 전속력으로!'

그 또한 이런 과감한 모험 앞에서 겁먹는 남자가 아니었다.

[식량창고가 완공되었습니다.]

[화살탑이 완공되었습니다.]

12시 길목에 화살탑이 완공되었다.

이신은 화살탑 안에 궁병 4명을 집어넣어 방비했다. 이제 12시
는 봉쇄되었다.

'오자서부터 돌입!'

나폴레옹의 지휘가 떨어졌다.

발 빠른 오자서의 헬하운드들부터 동탁의 본진 안으로 침투
했다.

나폴레옹과 이신의 궁병들도 뒤따라 들어가며 화살을 쐈다.

세 사람이 한번에 공격해 오니 동탁은 쩔쩔매며 물러설 수밖
에 없었다.

아직 오크는 오크창기병도 나오지 않아 약한 시기였다.

대신 동탁은 오크의 방어 시설인 목책을 3개를 지어 방어해 놓은 상태였다.

　목책은 나무로 된 방벽으로 일정 공간을 가로막으며, 위에 올라가 적을 공격할 수도 있는 오크 종족의 유일한 방어 시설이었다.

　'목책을 3개나 지었으니 정면으로 싸우면 시간이 오래 걸리게 되오. 목책 3개를 짓게 한 것만으로도 전과니 이제 물러나는 게 어떻소?'

　오자서가 말했다.

　그는 후방에서 다가오는 원숭환·하트셉수트가 우려되는 모양이었다.

　하지만 그때였다.

　'둘 다 그 위치 그대로!'

　그 오더를 내린 건 나폴레옹이 아니었다.

　이신이었다.

　나폴레옹과 오자서는 일단 이신이 시키는 대로 병력을 멈춰 세웠다.

　목책을 사이에 두고서 동탁과 대치한 가운데, 이신은 홀로 궁병을 컨트롤해 좌측으로 우회하였다.

　신속한 우회!

　마력석을 채집하던 동탁의 오크노예들이 그대로 궁병들에게 노출되었다.

　쉬쉬쉭─

"취이익!"

"취익!"

한 명, 두 명······.

정확한 일점 사격 컨트롤로 오크노예가 하나씩 죽었다.

'다리를 맞춰라.'

이신의 지휘.

다리를 맞아 느려지면 설령 사살하지 못해도 속도가 느려져 마력석 채집을 제대로 못 할 거라는 계산이었다.

삽시간에 빈틈을 파고든 이신은 오크노예 5명을 죽이거나 다치게 하는 전과를 거뒀다.

'좋았어! 아주 잘했다. 이제 빠져도 되겠군.'

나폴레옹의 말에 그제야 전원 동탁의 진영에서 빠져나왔다.

원숭환·하트셉수트의 군세가 도착한 것도 그때였다.

목책 뒤에 숨어 있던 동탁도 이에 호응하여 오크전사들을 끌고 나왔다.

'앞뒤에서 협공을 할 생각인 모양이오.'

오자서가 말했다.

그때, 이신은 또다시 기지를 발휘했다.

12시 통로에 식량창고를 더 지어서 완전히 틀어막은 것이다.

식량창고 2채가 길목을 차단하며 뒤쪽에 있는 화살탑도 보호하는 형태!

이를 본 나폴레옹은 웃으며 말했다.

'좋군. 이제 원숭환과 하트셉수트만 깨부수면 돼.'

진격해 오는 원숭환과 하트셉수트.

이에 맞서 나폴레옹은 오자서의 헬하운드들을 좌익으로 이동시켰다.

싸울 때 적의 측면과 배후를 쳐 진형을 깨부술 의도였다.

'망치와 모루 전술이군.'

알렉산드로스 대왕이 확립하고 한니발을 거쳐 현대전에 이르기까지 두루 쓰이는 전술 패턴이었다.

e스포츠에서는 흔히 싸먹는다고 표현한다.

기동성이 좋은 헬하운드가 있기 때문에 유리한 진형을 펼치지 용이한 것이었다.

원숭환은 이번에도 판단을 신속하게 내렸다.

후퇴였다.

이미 동탁은 타격을 받은 상황. 싸워봐야 불리한 상황이라고 판단한 듯했다.

'적이 후퇴하는구려. 추격할 수 있소.'

오자서가 제안했다.

나폴레옹도 이에 동의했다.

'퇴로를 막게.'

'알겠소.'

질풍 같은 추격이 시작되었다.

싸우는 와중에도 병력은 꾸준히 소환했으므로, 어느새 양측의 규모는 더 불어나 있었다.

이신도 나폴레옹도 오자서도 템포를 최대로 높였다.

상대의 주력을 괴멸시키고 승기를 가져올 중요한 순간임을 모두가 잘 알고 있었다.

하지만 바로 그때였다.

파앗!

하트셉수트의 궁병들이 모두 석궁병으로 진화했다.

'석궁병을 벌써?'

이신은 깜짝 놀랐다.

나폴레옹이 침음했다.

'하트셉수트가 능력을 썼군. 마력을 소모해서 대장간 짓는 속도를 높였어.'

'일단 퇴로 차단은 관두겠소.'

'그래야겠군. 일단 충돌해 봐야 재미가 없겠어.'

오자서는 퇴로를 차단하려 했던 헬하운드들을 치웠다.

원숭환과 하트셉수트는 무사히 철군할 수 있었다.

'나와 이신이 무기 개발이 완료될 때 공격한다. 각자 병력을 꾸준히 모으도록.'

'예.'

'오자서는 놈들이 방어선을 구축하는 걸 최대한 늦추게.'

'알고 있소.'

이신의 대장간에서는 이미 무기 개발이 진행 중이었다.

나폴레옹도 비슷할 터였다.

'확실히 타이밍이 나온다.'

이신은 나폴레옹의 판단이 이번에도 옳다고 생각했다.

두 사람이 무기 개발을 하며 병력을 모으는 동안, 오자서는 눈부신 활약을 펼쳤다.

드워프 총수와 석궁병의 사정거리를 넘나들며 도발을 반복하더니, 기습적으로 헬하운드 3마리를 원숭환의 본진 안에 집어넣는 데 성공한 것이다.

그중 2마리는 금방 사살됐지만, 1마리가 살아서 원숭환의 체제를 알아냈다.

'드워프 총수를 집중적으로 소환하고 있었소.'

'역시 곧 우리가 총공격할 거란 사실을 예측하고 있군. 대단한 실력자야.'

원숭환의 본진 위치는 7시.

하트셉수트는 9시로 한쪽에 모여 있는 형상이었다.

동탁은 한 번 적잖은 피해를 입은 터라 아직까지 이신이 펼쳐 놓은 봉쇄를 돌파할 전력을 모으지 못한 모양새였다.

동탁이 봉쇄된 동안, 다른 둘을 끝장내고 승부를 봐야 한다.

이 좋은 기회를 놓칠 수는 없지 않은가.

[창병이 소환 완료되었습니다.]

[계약자 이신 님의 사도 이존효가 소환 완료되었습니다.]

[대장간에서 무기 개발이 완료되었습니다.]

이신은 특유의 운영 능력으로 타이밍을 완벽하게 맞췄다.

히든카드인 이존효의 소환과 무기 개발 완료 타이밍이 딱 맞아 떨어졌다.

적의 사격을 막기 위한 방패병 4명.

적에게 일격을 찔러 넣을 히든카드 이존효.

그리고 꾸준히 모은 다수의 석궁병.

'준비가 끝났습니다.'

'그럼 출발하지. 중앙에 집결한다.'

이윽고 3인의 전 병력이 전장의 중앙 지역에 모였다.

숫자가 상당했다.

'진격!'

나폴레옹의 호령이 떨어졌다.

9시와 7시를 연결하는 길목에 원숭환과 하트셉수트가 연합 방어선을 형성하고 있었다.

화살탑 2채를 포함하여 각종 건물을 이어 지어서 장성(長城)을 방불케 했다.

화살탑 2채를 제외하면 모두 드워프의 건물이었다.

이신은 양측의 공격 사거리를 즉시 계산하고서 나폴레옹에게 제안했다.

'아슬아슬한 사거리에서 건물부터 타격하면, 피해를 받지 않고 바리케이드를 걷어낼 수 있습니다.'

'나도 그렇게 생각했다. 오자서는 일단 뒤에서 대기를……'

그 말이 끝나기 전이었다.

슈우웅—

무언가가 날아오는 소리가 들리더니,

콰아앙!

"으악!"

"크악!"

"투, 투석기다!"

집채만 한 바위가 아군의 한복판에 떨어져 4명이 죽거나 다쳤다.

이신의 안색이 변했다.

'투석기?'

'하, 하트셉수트가 능력을 또 썼군. 무리해서 건물 짓는 속도를 높여 투석기를 얻은 거야!'

특수병영 짓는 속도를 높여서 빨리 공병을 소환했다.

그리고 공병이 투석기를 제작했다.

투석기를 얻기 위한 테크 트리를 악마로서의 고유 능력으로 빨리 얻은 것이다.

'실로 무서운 능력이다. 하지만 능력을 펼치면 그만큼 마력이 소모될 텐데?'

그렇다면 현재 하트셉수트는 몹시 가난한 상황이다.

가난하니 병력도 얼마 없을 터였다.

다만 저 한 대뿐인 투석기의 위력이 이런 상황에서는 아주 효과적인 게 문제였다.

'재미있게 해주는군, 원숭환.'

나폴레옹의 목소리가 차갑게 가라앉았다.

그다음에 무슨 말이 나올지 이신은 직감했다.

'돌격!'

나폴레옹의 선택은 퇴각이 아닌 돌격이었다.

승부처였다.

실패하면 병력을 왕창 잃으니 치명타가 된다.

이신은 자신의 모든 것을 동원하기로 했다.

우선,

"누가 나 이존효에게 대적할 수 있겠느냐—!!"

[계약자 이신의 사도 하급 악마 이존효가 능력 광기를 사용합니다.]

[주변 아군이 광기에 휩싸여 공격력이 크게 강화되었습니다.]

이신뿐만 아니라 오자서와 나폴레옹의 병력까지 효과를 받았다.

광기에 휩싸인 헬하운드들이 앞장서서 돌격해 가로 막고 있는 건물을 때려 부수기 시작했다.

뿐만 아니라 이신은 콜럼버스에게 빙의하여서 치유 능력을 펼치기 시작했다.

[계약자 이신 님께서 고유 능력을 사용합니다. 1초에 5마력씩 소모됩니다.]

[주변의 모든 아군의 체력이 회복됩니다.]

총과 화살에 맞은 헬하운드들이 치유를 받으며 계속 건물을 때려 부쉈다.

그러는 동안 방패병들이 콜럼버스에게 빙의한 이신을 보호했다. 이러기 위해 준비한 방패병들이었다.

그때였다.

[계약자 원숭환님 께서 고유 능력을 사용합니다. 30마력이 소모됩니다.]

[적의 건물의 내구력이 강화되었습니다.]

원숭환 또한 능력을 펼쳤다.

그것은 헬하운드들이 때리고 있는 건물들의 내구력 강화였다.

영원성을 지키며 누르하치의 16만 대군을 격퇴시킨 원숭환다운 고유 능력이었다.

기세 좋게 치닫던 아군의 기세가 주춤했다.

하지만 오자서는 주춤할 생각이 전혀 없는 모양이었다.

'마물에 빙의되는 건 꺼렸는데 어쩔 수 없나.'

나지막한 오자서의 탄식.

그리고 잠시 후,

[계약자 오운 님께서 고유 능력을 사용합니다. 30마력이 소모됩니다.]

[오운 님이 받은 피해의 30%에 달하는 대미지를 적군에게 가

합니다.]

복수!
오자서의 일생이 투영된 능력이 발동된 것이었다.
이번에는 상대 측의 드워프 총수들과 석궁병들이 주춤거렸다.
그 바람에 기세를 받은 아군은 원숭환의 심시티를 거의 깨부
수기 직전에 이르렀다.
그런데 바로 그때, 투석기가 쏜 바위가 콜럼버스에게 빙의해
치유 능력을 펼치던 이신에게 날아왔다.
치유 능력을 펼치는 이신을 정확하게 노린 공격이었다.
이신의 순간 반응은 무척 빨랐다.
'빙의 해제.'

[사도 콜럼버스의 육체에 빙의된 상태를 해제합니다.]

빙의를 해제한 뒤, 콜럼버스에게 즉각 블링크를 쓰게 했다.

[계약자 이신의 사도 하급 악마 콜럼버스가 능력 블링크를 사
용합니다.]
[10미터 범위 내에서 순간이동을 합니다.]

아슬아슬하게 콜럼버스가 사라진 자리에 바위가 떨어졌다.
꽈아아앙!

"으아악!"

"크억!"

방패병 4명 중 2명이 죽었다. 다른 2명은 부랴부랴 블링크로 이동한 콜럼버스를 보호하기 위해 움직였다.

어찌 되었건 콜럼버스를 잃을 위기는 모면한 셈이었다.

하지만 바로 그때였다.

이신은 이상한 것을 발견했다.

원숭환과 하트셉수트의 방어선에 왜 오크 노예가 얼씬거리고 있는 걸까?

이유는 곧 알게 되었다.

오크 노예가 킬킬거리며 광소를 터뜨린 것이다.

"크하하하! 오랜만이구나, 이신!"

[계약자 동탁 님께서 고유 능력을 사용합니다. 200마력이 소모됩니다.]

[계약자 이신의 사도 콜럼버스를 일시적으로 복종시킵니다.]

다시 콜럼버스에게 빙의하려 했던 이신은 흠칫했다.

'동탁?!'

동탁은 분명 봉쇄당한 탓에 개미 한 마리도 빠져나오지 못하는 상황이었다.

그렇다면 지금 보이는 동탁의 오크 노예 사도는, 봉쇄당하기 전에 미리 원숭환의 진영 안에 있었다는 뜻이었다.

지금 같은 상황에 대비하여서, 빙의 능력을 가진 동탁의 사도를 대기시켜 놓은 것.

이런 선견지명적인 조치를 취한 사람은 분명히 원숭환이리라!

이신은 그만 헛웃음이 나왔다.

정말 제법이지 않은가!

이신은 일단 동탁에게 현혹당한 콜럼버스를 죽여서 귀찮은 일을 미연에 방지했다.

치유 능력을 쓸 수 없는 탓에 아군의 피해가 늘었다.

하지만 성과도 있었다.

콰르릉!

우르르르—

진로를 가로막고 있던 원숭환의 심시티가 마침내 무너진 것이다.

'됐다! 돌파하라!'

나폴레옹이 소리쳤다.

새로 추가된 병력들과 함께 그들의 돌격이 시작했다.

이신도 함께 호응해 싸우면서 기회를 엿봤다.

치열한 난전.

그 속에서 이신의 집중력을 최대치까지 고양되어 있었다.

혼잡한 전투 중에 이신은 살아 있는 방패병 2명과 이존효를 우선 컨트롤했다.

방패병 2명은 즉시 이존효를 총과 화살로부터 보호했다.

'이준효, 돌진해라.'

이에 이준효가 방패병들을 앞세워 돌격했다.

이준효는 2명의 방패병 뒤에 숨은 채 혼천절을 휘둘렀다.

혼천절이 방패병 사이로 절묘하게 튀어나가 적을 공격했다.

"으악!"

"이놈이!"

이준효의 활약에 적의 방어선 측면이 조금씩 무너지기 시작했다.

치열한 난전.

오자서는 끊임없이 추가 생산한 헬하운드를 투입해 공격의 고삐를 이어나갔다.

'곧 뚫린다!'

나폴레옹이 소리친다.

'알고 있습니다.'

이신도 그 순간만을 기다리는 상황이었다.

아니, 기다리고 있지만은 않는다.

'직접 뚫는다.'

마음먹은 이신은 컨트롤을 시작했다.

이준효의 활약으로 인해 약해진 부분으로 석궁병들의 볼트를 집중시켰다.

일점사격.

재장전하며 전진.

다시 일점사격.

또 재장전하며 전진.

강렬한 이신의 집중 공격에, 원숭환과 하트셉수트의 진열이 크게 동요하였다.

한 부위에 집중사격을 가하여 적의 혼란을 꾀하는 용병술은 흔하지만, 이신의 컨트롤은 그런 일반적인 군사학과 궤를 달리했다.

석궁병 3명 당 하나의 타깃을 조준시켜서 확실하게 사살하는 컨트롤을 보인 것이다.

프로게이머 중에서도 최고의 컨트롤 스킬을 가진 이신이기에 행할 수 있는 고도의 지휘였다.

이신의 활약에 의하여 마침내 방어선 한쪽이 무너졌다.

'지금이다!'

이신의 활약을 눈여겨보고 있던 나폴레옹이 즉각 소리쳤다.

'알겠소!'

오자서도 전황을 파악하고 있었다.

헬하운드들이 바람처럼 달려서 이신이 만들어준 빈틈을 파고들었다.

정면에서는 석궁병들.

그리고 헬하운드들이 측면과 배후로 파고들어 공격하니, 이는 나폴레옹이 아까 말했던 망치와 모루 전술이었다.

원숭환의 방어선이 무너지기 시작한 시점.

바로 그때, 동탁이 참지 못하고 움직였다.

오크창기병과 오크궁기병이 봉쇄해 놓은 12시 길목을 뚫기 시작했는데, 타이밍 좋게 이신의 추가 병력이 그대로 그쪽으로 합류했다.

덕분에 동탁의 봉쇄 돌파는 더 많은 시간과 병력을 소모하게 되었다.

그렇게 동탁을 저지한 와중에도 원숭환과의 싸움은 계속 유리하게 진행됐다.

콰르릉!

마침내 하트셉수트의 투석기까지 제거하는 데 성공했다.

원숭환이 생각한 마지노선도 거기까지였던 모양이었다.

[악마군주 이포스의 계약자 원숭환 님이 패배를 선언하셨습니다.]

[악마군주 말파스의 계약자 하트셉수트 님이 패배를 선언하셨습니다.]

[악마군주 오리아스의 계약자 동탁 님이 패배를 선언하셨습니다.]

[악마군주 아가레스, 그레모리, 안드로말리우스 님의 승리입니다.]

첫 대결은 이신 측의 승리로 돌아갔다.

"시작이 좋군."

나폴레옹이 기분 좋게 웃으며 말했다.

오자서도 거들었다.

"아직 준비한 군략은 보여주지 않은 상태입니다."

동탁이 홀로 고립된 위치에 있는 것을 보고 즉흥적으로 행한 봉쇄 전략이 승리의 요인이 되었다.

거기다가 필요한 순간마다 이신이 활약하여 상대에게 대미지를 입혔다.

오자서도 아군을 위해 필요한 일을 빈틈없이 행하였으니, 그들의 컨디션은 지금 최고조였다.

잠시 휴식 시간을 가졌다.

원숭환은 하트셉수트와 동탁을 불러놓고 작전 회의를 하는 듯했다.

그것을 보며 나폴레옹도 모두를 불러 회의를 했다.

"이걸로 놈들은 초반에 디펜스에 신경을 쓰지 않을 수 없게 되었다."

"그럴수록 더 우리가 준비한 전략을 쓰기가 좋아졌다는 뜻입니다."

이신의 말에 나폴레옹은 고개를 끄덕였다.

"바로 그거지."

"첫 대결 때처럼 동탁을 일찌감치 배제할 수 있으면 좋겠지만, 그렇지 않다면 결국 승부처는 중반이 될 거요."

오자서가 말했다.

옳은 말이었다.

싸움의 주도권이 원숭환 측으로 넘어가는 타이밍은 바로 동탁이 기마군단을 끌고 나왔을 때부터다.

초반의 주도권이 헬하운드를 대량으로 동원할 수 있는 마물에게 있다면, 중반은 기동성과 전투력을 두루 갖춘 오크의 황금기였다.

"기마군단과 함께 원숭환의 대포와 하트셉수트의 투석기가 진출해서 전장을 휘어잡으려 들 것이다."

나폴레옹은 지도의 정중앙을 검지로 가리켰다.

"바로 여기가 승부처다."

그가 가리킨 곳은 전장의 중앙 지역.

"놈들이 중앙을 장악하고 자리 잡으면, 그땐 싸움이 우리의 패배로 끝났다고 봐도 된다."

이신과 오자서도 고개를 끄덕였다.

중앙은 다른 모든 지역과 연결된 교통의 중심지였다.

중앙을 장악하면, 전 지역을 공격할 수 있다.

반대의 입장에서는 전 지역을 막아야 한다는 뜻이다.

수비 범위가 넓어질수록 병력도 분산되니 이길 수가 없는 싸움이 되는 것이다.

거기에 상대는 드워프의 대포와 휴먼의 투석기로 뚫기 힘든 강력한 디펜스를 갖출 터.

한 번 중앙 지역을 빼앗기면 다시는 탈환할 수 없게 된다.

"일단 포격전이 되면 우리가 확실하게 불리해진다는 것을 다들 주지했으면 좋겠군."

"압니다."

"알고 있소."

포격전은 원숭환이 월등히 유리했다.

드워프의 대포와 휴먼의 투석기는 각기 장단점이 뚜렷했지만, 상대는 드워프와 휴먼의 혼합이었다.

분해·조립을 반복해야 하는 투석기에 비해, 대포는 이동성이 훨씬 간편했다.

그 점을 활용해서 영역을 점유하기 시작하면 이쪽이 밀리기 십상이었다.

그런 불리한 포격전에서 이쪽이 이기려면 답은 하나였다.

"놈들이 중앙 지역을 장악하기 위해 진출했을 때 끝장을 본다. 기회는 그때 한 번뿐이야."

그렇게 전략이 정해졌다.

원숭환 측도 작전 회의가 끝난 모양이었다.

승리를 향한 결의에 차 있는 원숭환을 보며 이신은 희열을 느꼈다.

명나라 최후의 명장 원숭환.

첫 대결에서 보여준 그의 능력은 진짜였다.

이번에는 어떤 지휘를 보여줄지 이신은 기대가 컸다.

생각해 보라.

상대 측의 원숭환.

이쪽은 나폴레옹.

두 사람이 전략 승부를 펼치는 모습을 현장에서 생생하게 체험할 수 있는 것이었다.

*　　　　*　　　　*

두 번째 대결이 시작되었다. 마지막 싸움이 될 수도, 역전의 시작일 수도 있는 대결이었다.

가장 먼저 시작 지점을 살폈다.

위치는 다음과 같았다.

이신 9시.

나폴레옹 7시.

오자서 5시.

'위치가 괜찮군.'

이신은 그렇게 판단을 내렸다.

특히 이신과 나폴레옹이 모여 있는 위치가 아주 좋았다.

전 대결에서 원숭환과 하트셉수트의 위치인 것.

7시와 9시를 연결하는 길목만 확실하게 지키면 두 사람의 수비가 탄탄해진다.

이신은 즉각 나폴레옹에게 말했다.

'마력석 채집장을 구축하십시오.'

'네가 방어를 커버하겠다는 뜻이군? 좋은 생각이다.'

나폴레옹도 찬성했다.

'오자서는 일단 6시에 적이 있나 확인해 주게. 만약 거기에 있다면 아까처럼 봉쇄 전략을 써도 되니까.'

'알겠소.'

오자서는 일벌레 1마리를 6시로 보냈다.

만약 6시에 적이 있다면 그야말로 아군에게 지형적으로 둘러싸인 게 되므로, 손쉽게 끝장을 내거나 봉쇄시킬 수 있는 것이다.

하지만 아쉽게도 6시는 텅 비어 있었다.

'일단 병영은 방어를 해야 하는 곳에 지어주십시오.'

이신의 요구에 나폴레옹도 승낙했다.

'알겠다.'

두 사람은 7시와 9시를 연결하는 길목에 병영을 나란히 지었다.

거기에 이신은 병영이 완성되자마자 화살탑을 추가로 지었다.

그러자 사람 하나가 간신히 통과할 만한 빈틈만 남기고 길목이 심시티로 틀어 막혔다.

이신은 병영에서 궁병을 꾸준히 소환해 화살탑 안에 넣고, 그러면서 대장간을 짓고 무기 개발에 착수했다.

이신은 초반의 방어를 위하여 일단 병영 체제로 시작한 것.

이신이 방어를 도맡아주는 동안 나폴레옹은 앞마당에 마력석 채집장을 가져갔다.

병영에서 궁병 하나 소환하지 않고, 오로지 노예를 소환하고 테크 트리를 올리는 데 몰두했다.

나폴레옹은 중반의 싸움을 위하여 투석기 체제로 가닥을 잡은 것이다.

'이신 그대는 석궁병으로 방어를 하면서 마법사를 준비하게. 중앙 힘 싸움은 내가 할 테지만 승리의 키포인트는 자네에 달려

있어.'

'알겠습니다.'

그렇게 두 사람이 척척 준비를 하는 동안, 오자서의 활약이 두드러졌다.

오자서의 역할은 언제나 헌신과 희생.

시작부터 헬하운드를 주구장창 소환하여서 상대 측을 정찰 및 압박하는 역할을 도맡았다.

그러면서 상대 측의 위치가 모두 드러났다.

원숭환은 12시.

하트셉수트는 1시.

동탁은 3시.

전장의 우측 상단에 모여 있는 형세였다.

'저쪽도 위치가 좋군.'

'우리와 비슷한 생각을 하고 있을 겁니다. 원숭환이나 하트셉수트 둘 중 한 사람은 마력석 채집장을 추가로 구축했겠지요.'

이신이 분석했다.

'어쩌면 두 사람이 마력석 채집장에 투자했을 수도 있지. 확인해야 해.'

나폴레옹이 말했다.

마력석 채집장을 일찍 구축하면, 그게 활성화되었을 때 얻을 수 있는 마력상의 우위가 매우 컸다.

만약에 상대가 두 사람이나 마력석 채집장을 가져갔다면 마력 면에서 이쪽이 불리하다는 뜻이었다.

'내가 한번 확인해 보리다.'

오자서가 말했다.

이윽고 헬하운드들이 적진으로 접근했다.

하트셉수트가 화살탑을 지어서 방어선을 구축한 게 보였다.

방어 시설이나 병력을 보니, 적어도 하트셉수트는 앞마당에 마력석 채집장을 가져간 것 같지 않았다.

'동탁을 확인해야겠군.'

그렇게 말한 오자서는 과감하게 헬하운드들을 쏟아부어 돌파를 시도했다.

하트셉수트의 궁병들이 막아섰지만, 헬하운드 1마리가 빈 공간으로 빠져나오는 데 성공했다.

오자서는 즉시 헬하운드들을 후퇴시켰고, 통과한 1마리만 동탁이 있는 3시로 달려갔다.

동탁의 진영 쪽에서는 오크전사 2마리가 걸어 나왔다.

정찰을 저지하기 위함이었다.

하지만 헬하운드는 싸우지 않고 요리조리 빠져나가 동탁의 앞마당을 확인하는 데 성공했다.

동탁은 앞마당에 마력석 채집장을 막 구축하기 시작한 상태였다.

'확인했소. 동탁도 마력석 채집장을 건설하고 있군.'

'중반 타이밍에 대량의 기마군단을 확보할 심산이군.'

원숭환도 마력석 채집장을 구축하고 있을 게 뻔했다. 드워프는 마력이 많이 공급될수록 진가를 발휘하는 종족이니 말이다.

'놈들이 욕심을 부리는데 응징을 해야 할지, 아니면 우리도 마력석 채집장을 더 가져가서 맞불을 놓아야 할지 갈등되는군. 그대들은 어떻게 생각하나?'

'응징해야 합니다.'

이신이 단호하게 말했다.

'어째서?'

'오크창기병과 오크궁기병의 숫자가 많아질수록 골치가 아파집니다.'

이신의 말이 이어졌다.

'맡겨주시면 제가 알아서 동탁을 손봐주겠습니다.'

'그럼 맡기겠다.'

임무를 맡은 이신은 즉각 움직였다.

일단 특수병영을 지었다.

특수병영이 완성되자 공병을 소환했다.

소환된 공병이 4시 지역으로 향했다.

동탁의 본진이 있는 3시의 바로 아래였다.

그곳에서 공병은 놀랍게도 열기구를 제작하기 시작했다.

열기구의 제작이 완료되는 타이밍에 맞춰, 석궁병 5명·방패병 2명·장창병 1명이 그곳으로 이동했다. 1명의 장창병은 바로 이존효였다.

"열기구에 타라! 우리는 이제부터 동탁 놈을 박살 내러 간다!"

이존효가 소리치며 휘하 병력과 함께 열기구에 탑승했다.

열기구는 동탁의 본진으로 진입했다.

바로 이신의 장기인 견제 플레이였다.

'시간상 동탁은 아직 오크궁기병은 소환하지 못했겠지.'

그 말인즉슨, 현재 동탁에게는 열기구를 격추시킬 수 있는 지대공 수단이 없다는 뜻이었다.

이신의 정밀한 시간 계산에 따르면, 동탁은 이제 막 오크궁기병의 소환을 시작한 상태였다.

그 오크궁기병이 소환 완료될 때까지 열기구가 자유자재로 동탁의 본진을 헤집을 수 있다.

그 짧은 시간대의 빈틈을 이신은 정확하게 찌르고 들어간 것이다.

쉭쉭—

"췌이익!"

"췌익!"

열기구를 타고 본진을 습격한 이신의 병사들이 공격을 개시했다.

마력석을 채집하던 오크노예들이 화살에 맞아 숨졌다.

오크전사들이 오크노예들과 함께 진압에 나섰지만, 석궁병들을 뒤로 물러서며 일점사격을 가하는 컨트롤로 오크노예만 집요하게 죽였다.

그리고 거리가 좁혀지자 다시 열기구를 타고 이동했다.

하늘을 나는 열기구를 공격할 방법이 없는 오크전사는 그저 쫓아다니기만 할 뿐이었다.

이신은 마력석 뒤편에 다시 열기구의 병력을 내렸다.

쫓아오던 오크전사들은 마력석 때문에 진로가 방해받아 접근하지 못했다.

쉭쉭—

"취이익!"

오히려 석궁병들의 집중사격을 받고 오크전사가 죽었다.

마력석을 채집하던 오크노예들이 우르르 달아났다.

'잘하는군.'

얄밉게 상대를 괴롭히는 이신의 지휘를 본 나폴레옹이 웃으며 말했다.

이신은 한 술 더 떴다.

'투석기 1기만 이쪽으로 지원 부탁드립니다.'

'알겠다.'

나폴레옹은 제작한 투석기 1기를 분해하여서 4시 지역으로 보냈다.

동탁의 3시 본진에서 절벽 너머에 투석기를 설치.

이신은 다시 병력을 열기구에 태워서 동탁의 병력을 그쪽으로 유인했다.

오크전사와 함께 막 소환된 오크창기병이 열기구를 쫓아왔다. 그리고 절벽 너머에서 나폴레옹의 투석기가 바위를 날렸다.

꽈아앙!

"취이익!"

"히히히힝!"

오크창기병과 오크전사들이 바위에 정통으로 맞아 큰 피해를 입었다.

그 틈에 이신의 병력이 재빨리 달려들어서 반격했다.

놀란 말을 수습하느라 정신없는 오크창기병부터 일점사격!

"취이익!"

속절없이 오크창기병이 죽어버렸다.

그게 끝이 아니었다.

이신의 추가 병력이 4시 지역에 도착.

열기구를 타고 다시 건너와 공격에 합류한 것이다.

동탁의 대처를 본 이신은 더 큰 피해를 입힐 수 있다고 판단, 병력을 더 투하한 것이다.

'의외로 큰 전과를 거둘 수 있겠군. 나도 더 지원하겠다.'

나폴레옹이 투석기를 2기나 더 지원해 주었다.

절벽 너머에서 투석기 3기가 일제히 바위를 날리고, 그 지원에 힘입어 안에서는 이신의 병력들이 날뛰는 상황.

오크궁기병이 마침내 소환된 동탁이었지만, 본진에 들어온 이신의 병력이 워낙 많아 제대로 반격을 못하는 상황.

절벽 너머에서 투석기가 계속 바위를 날려 동탁의 본진 건물들을 파괴하고 있었다.

이신은 독했다.

한 번 더 열기구로 병력을 투하한 것이다.

한 번 보인 약점을 집요하게 물고 늘어지는 이신이었다.

'이틈에 오자서도 앞마당에 확장 기지를 더 짓게. 놈들은 다

른 데 신경 쓸 겨를이 없을 걸세.'

'알겠소.'

결국 하트셉수트가 동탁을 지원하러 왔다.

석궁병·방패병·장창병 등과 함께 여러 기의 투석기가 동탁의 본진에 도착했다.

그제야 이신은 열기구를 타고서 병력을 순차적으로 후퇴시켰다.

나폴레옹 또한 투석기를 다시 분해하여서 철수했다.

이미 동탁에게 막대한 피해를 입힌 뒤였다.

'열기구를 정말 잘 쓰는군. 한 수 배웠다.'

'과찬의 말씀입니다.'

'열기구를 그렇게 얄밉게 쓸 수 있다니, 내가 상대였으면 한 대 패고 싶었을 거야.'

'그런 소리 많이 듣습니다.'

'하하하!'

그 사이에 앞마당에 마력석 채집장을 구축한 오자서는 공급되는 풍부한 마력을 바탕으로 엄청난 숫자의 헬하운드를 거느리게 되었다.

각종 업그레이드까지 행하여서 한층 강해진 헬하운드였다.

하지만 바로 그때였다.

'적이 움직이고 있소!'

상황을 살피던 오자서가 소리쳐 경고했다.

'원숭환인가?'

'그렇소!'

그랬다.

잠자코 힘을 모으던 원숭환이 마침내 움직이기 시작한 것이었다.

원숭환은 무려 10기의 대포를 전진 배치시키며 영역을 확장하기 시작했다.

하트셉수트의 병영 병력과 투석기 또한 마찬가지였다.

동탁 또한 피해를 수습하는 와중에도 간신히 모은 오크창기병과 오크궁기병을 이끌고 나타났다.

'병력을 집결시키고 있군.'

'목표는 역시 중앙이겠구려.'

'대회전을 치르고 싶다면 우리도 이에 응해줘야지. 중앙 지역에 병력을 모두 집결시키게.'

'알겠습니다.'

나폴레옹 측도 중앙 지역에 병력을 모으기 시작했다.

오자서의 헬하운드 군단.

나폴레옹의 투석기 다수.

이신의 병영 병력까지.

그러면서 이신은 본진 구석에 숨겨 지은 마탑에서 마법사를 소환하고 있었다.

강력한 범위 공격 마법을 펼칠 수 있는 마법사.

대포와 투석기의 조합으로 중무장한 원숭환 측의 화력에 대항할 비밀무기가 바로 마법사였다.

뿐만 아니라 질 드 레, 서영, 마르몽 등 사도들을 모조리 소환하여서 총력전을 치를 준비를 했다.

그렇게 모두들 결전을 준비하는 가운데, 양측의 병력은 점점 많아졌다.

그리고 마침내,

'온다!'

나폴레옹이 소리쳤다.

원숭환이 이끄는 연합군이 물밀 듯이 진격하기 시작했다.

가장 먼저 투석기의 사정거리에 침범한 것은 동탁의 기마군단이었다.

나폴레옹의 투석기들이 일제히 바위를 발사했다.

슈슈슈슉―

콰아앙!

"취익! 취익!"

꽈아아아앙!

"취이익!"

우박처럼 쏟아지는 바위를 피해 전장을 가로지르는 동탁의 기마군단.

그렇게 동탁이 투석기의 포격에 맞아주는 사이, 원숭환의 대포와 하트셉수트의 투석기가 접근해 발사 준비를 했다.

나폴레옹도 2차 발사 준비를 했다.

'진격해!'

오더가 떨어지자, 오자서의 헬하운드 대군이 일제히 달려들었다.

뒤이어 이신의 병력도 진군했다.

이에 호응하듯이 동탁의 기마군단과 하트셉수트의 병영 병력이 진격했다.

정면 승부였다.

양측의 어마어마한 대군이 맞부딪친 일대 승부였다.

치열했다.

우회하여 측면 돌파를 행하려는 동탁의 기마군단을 오자서의 헬하운드들이 따라붙으며 저지했다.

추가 생산된 오자서의 헬하운드들이 샛길로 돌아서 적의 후방 교란을 노렸으나, 역시나 추가 생산되어 합류하던 하트셉수트의 병력과 맞닥뜨리는 바람에 실패했다.

말을 타고 활을 쏘는 동탁의 오크궁기병이 강적이었지만, 이를 상대로 잘 싸운 것은 이신이었다.

특유의 일점사격 컨트롤.

오크궁기병이 사정거리에 들어올 때마다 집중사격을 날려서 착실하게 한두 기씩 사살해 나갔다.

한편, 나폴레옹은 원숭환·하트셉수트와 포격전을 벌이며 고전을 면치 못했다.

대포와 투석기의 조합은 그만큼 강력했던 것이다.

자리를 기가 막히게 잘 잡은 나폴레옹이었지만, 원숭환은 대포의 장점을 십분 활용했다.

퍼퍼퍼펑—

한 번 발포한 후에는 대포를 조금씩 측면으로 이동시켰다.

계속 위치를 변경하여서 나폴레옹의 투석기들이 조준을 다시 하게끔 만드는 것.

뿐만 아니라 점차 포위하는 형태로 압박을 가하는 효과도 있으니, 대포의 이동성이 극한으로 발휘되는 것이었다.

화력에서 밀리니, 전체적인 전황도 점점 원숭환 측으로 기울기 시작했다.

'아직 멀었느냐?!'

나폴레옹이 급히 이신에게 물었다.

이신이 답했다.

'지금 갑니다.'

그리고 전장에 열기구 2기가 나타났다.

2기의 열기구는 마법사를 각각 4명씩 태우고 있었다.

대회전의 승부를 결정지을 비밀 병기의 등장이었다.

"저걸 격추시켜라!"

한 오크궁기병이 소리쳤다. 사도에 빙의한 동탁인 듯했다.

동탁의 기마군단이 열기구를 향해 달려들었다.

오크궁기병들이 열기구를 격추시키기 위해 조준했다.

바로 그때, 1기의 열기구가 마법사들을 한 명씩 내렸다.

이윽고,

"파이어 스톰!!"

"파이어 스톰―!"

"파이어 스톰!"

마법사 셋이 일제히 마법을 펼쳤다.

이신의 컨트롤에 의하여 동탁의 기마군단이 진격로에 예측 공격을 퍼부었다.

화르르르르륵—!!

불바다가 펼쳐졌다.

동탁의 기마군단은 파이어 스톰에 휘말려 삽시간에 절반가량이 몰살당했다.

마법을 펼친 마법사들은 다시 열기구에 탑승했다.

열기구 2척은 원숭환의 대포가 배치된 지역으로 접근했다.

열기구에서 마법사 세 명이 내리자,

퍼퍼퍼퍼펑—!

대포들이 일제히 발포했다.

"끄아악!"

"으악!"

내리자마자 집중 포격에 휘말려 죽은 마법사 3명.

하지만 그 3명은 방금 전에 이미 파이어 스톰을 펼쳐서 마나가 고갈된 마법사들이었다.

한차례 포격이 끝나자 다른 마법사들이 내렸다.

"파이어 스톰!!"

"파이어 스톰!"

"파이어 스톰—!!"

마법사 5인이 일제히 파이어 스톰을 휘갈겼다.

화르르르르르르!!

역시나 이신의 컨트롤에 의하여 골고루 마법이 뿌려졌다.

덕분에 원숭환의 대포가 배치된 지역은 빈틈없이 골고루 불바다가 되었다.

'오오!'

'좋았어!'

오자서와 나폴레옹이 환호를 보냈다.

마법을 다 펼친 마법사들은 다시 열기구를 타고 달아났다.

그 와중에 살아남은 동탁의 오크궁기병들이 열기구 한 척을 격추시키는 바람에 마법사 2명이 전사했다.

하지만 승부는 한순간에 나폴레옹 측으로 기울어졌다.

원숭환의 대포 태반이 사라지자, 나폴레옹은 일제히 돌격할 것을 지시했다.

오자서의 헬하운드들이 거칠게 달려들었다.

하트셉수트의 투석기들이 헬하운드들에게 덮쳐져 하나씩 파괴당했다.

대승이었다.

전장의 중앙 지역을 놓고 겨룬 대회전에서 나폴레옹 측이 패권을 거머쥔 것이었다.

'그대로 진격! 멈추지 마라!'

나폴레옹이 소리쳤다.

아군이 패퇴하는 원숭환 측을 계속해서 추격했다.

원숭환은 중앙에서 한참 후퇴한 지점에 새롭게 방어선을 구축하고 저항하려 했지만, 1기의 열기구가 그것을 좌절시켰다.

열기구에서 내린 마법사 3인이 다시금 파이어 스톰을 펼친 것이다.

화르르르르륵!!

불바다가 강림하여서 원숭환의 최후의 방어선이 붕괴되었다.

열기구도 격추되고 마법사들도 반격을 당해 죽었지만, 이미 제 역할을 다한 뒤였다.

결국 원숭환도 반격의 여지가 한 줌도 남아 있지 않은 상황이었다.

[악마군주 이포스의 계약자 원숭환 님이 패배를 선언하셨습니다.]

[악마군주 말파스의 계약자 하트셉수트 님이 패배를 선언하셨습니다.]

[악마군주 오리아스의 계약자 동탁 님이 패배를 선언하셨습니다.]

[악마군주 아가레스, 그레모리, 안드로말리우스 님의 승리입니다.]

[0승 2패로 악마군주 이포스, 말파스, 오리아스 님께서 72악마군주의 축제에서 탈락하셨습니다.]

"하하, 정말 잘했다!"

나폴레옹은 이신에게 달려와 머리를 헝클어뜨렸다.

"정말 멋진 장관이었소. 그렇게 불바다로 만들어버리면 나라도 방법이 없을 것 같소."

오자서도 격찬을 아끼지 않았다.

승리의 주역인 세 사람이 모여 기뻐하는 한편, 원숭환 측은 침울함에 휩싸였다.

"눈 뜨고 코 베인 기분이군."

동탁은 그렇게 중얼거리며 머리를 긁적였다.

"해볼 만하다고 생각했는데, 이신이라는 저 젊은 남자가 너무 잘하네요. 마법사를 쓸 거란 걸 알고 있었는데도 당해버렸어요."

나직이 투덜거리는 하트셉수트.

"기습 작전도 아니고, 대회전에서 마법사를 열기구에 태워 활용하는 방식은 처음 봤소."

이신은 적군에게 파이어 스톰을 확실히 먹일 수 있는 거리까지 안전하게 접근하기 위하여 열기구를 활용했다.

그냥 걸어가다가는 마법사의 걷는 속도도 느릴뿐더러, 대포든 바위든 화살이든 맞고서 죽기 십상이었던 것이다.

원숭환은 한숨을 쉬며 말을 이었다.

"뭐 어쩌겠소? 변명의 여지가 조금도 없는 우리의 완패요."

72악마군주의 축제, 그 두 번째 대결.

나폴레옹 팀은 2승을 거둬 최종 승자에 또 한 걸음 다가갔다.

제7장

연회

72악마군주의 축제가 상당히 진행되었다.

16팀이 참가하여 두 차례의 대결을 벌였다.

한 번 대결할 때마다 절반씩 탈락했으니, 이제 살아남은 것은 4팀밖에 없었다.

최종 승자의 후보들이 서서히 윤곽을 드러낸 것이었다.

생존한 4팀에게는 각기 초대장이 전달되었다.

[마계를 다스리는 72악마군주 중 가장 뛰어난 역량을 발휘하여 승자가 된 악마군주 및 계약자들에게 경의를 표하노라.

그대들의 활약을 기리는 연회를 열 터이니, 이들 열둘의 악마군주와 12인의 계약자는 필히 참석토록 하라.]

"연회?"

"네, 필히 참석하라 하니 빠질 수 없겠네요."

이신의 표정이 절로 찌푸려졌다.

그레모리는 그런 그를 보며 나직이 웃었다. 번잡한 일을 극단적으로 싫어하는 이신의 성격을 이제는 잘 알고 있는 그녀였다.

"이는 단순한 연회가 아닐 거예요."

"……?"

"마신께서 직접 행하신 연회는 지금까지 72악마군주 중 한 명이라도 빠진 적이 없었어요. 모두를 포용하는 마신의 위대함을 표현하는 것이죠."

그레모리가 말을 이었다.

"다른 모두를 내버려두고 승자에 속한 열둘의 악마군주만 초대했다면, 이번 연회는 축제의 다음 순서를 정하기 위한 행사일 거예요."

이신은 그녀의 말을 믿었다.

마신에 대해서 잘 아는 건 악마군주인 그레모리일 터였다.

"어찌 되었든 참석 안 하면 안 된다는 뜻이군요."

"호호, 물론이죠."

"그렇다면 참가하겠습니다. 다른 많은 계약자를 만나볼 기회가 될 것 같아 그건 좋군요."

결국 이신은 그레모리와 함께 연회에 참석하기로 했다.

며칠 후, 연회가 열리는 날 이신은 그레모리와 함께 텔레포트로 이동했다.

연회가 열리는 장소는 까마득하게 높이 쌓아 올린 거대한 제단(祭壇) 위였다.

바벨탑이 이렇게 높았을까?

땅이 보이지도 않을 정도로 높아서 섬뜩할 정도였다.

"마신의 탑이에요."

옆에서 그레모리가 설명해 주었다.

"마신께서 행하시는 모든 행사는 이곳에서 열리지요. 72악마군주가 모두 모였을 때는 이 일대가 모두 악마로 가득 차요. 하늘도 땅도 전부요."

"으스스하군요."

이신은 이미 악마들이 잔뜩 모인 연회를 그레모리의 궁전에서 겪어본 일이 있었다.

이 일대가 전부 악마로 가득 채워진다면 그야말로 혼돈 그 자체이리라.

다행히 지금은 악마들이 그 정도로 많지는 않았다.

각 악마군주들이 데려온 것으로 보이는 악마들이 연회장을 떠돌았고, 그중에는 평소 궁전에서 자주 봤던 그레모리의 휘하 악마도 꽤 보였다.

"그럼 전 악마군주들과 인사를 나누고 있을게요. 그동안 연회를 즐기도록 하세요."

"알겠습니다."

홀로 남겨진 이신은 가만히 연회장 내부를 둘러보았다.

마침 눈에 띠는 익숙한 얼굴이 보였다.

"왔는가?"

오자서였다.

오자서는 또한 낯이 익은 두 사람과 함께 있었다.

"여어!"

활달하게 손을 흔드는 큰 키의 서양 남자는 다름 아닌 조아생 뮈라.

그리고 다른 한 사람은,

"또 만났군, 비리비리한 군인 녀석."

기골이 장대한 동양 사내는 바로 항우였다.

조아생 뮈라와 항우가 나란히 있는 걸 보니 묘한 기분이 들었다.

둘 다 단순무식에 용맹함으로는 동양과 서양을 대표하는 사내들 아닌가.

"잘 어울리는군."

이신은 저도 모르게 중얼거렸다.

"어이어이, 너무 직설적이잖아."

조아생 뮈라가 껄껄 웃으며 한마디 했다.

항우도 말뜻을 알아들었는지 인상을 일그러뜨렸다.

"활약은 잘 들었어."

"들었다고?"

"명성이 자자하던데."

의아해하는 이신에게 오자서가 웃으며 부연을 해주었다.

"우리처럼 서로 교류하는 계약자가 어디 한둘이겠나? 우리에게 패배한 계약자가 총 여섯인데, 그쯤이면 모든 계약자에게 널리 알려지기에 충분하지."

오자서는 이신의 어깨를 탁탁 치며 말을 이었다.

"다들 초점에 뒀던 건 나폴레옹이었을 걸세. 하지만 정작 결정적인 활약을 한 건 자네니까 의외의 복병이었던 게지. 내가 봐도 자네의 지휘 방식은 상당히 충격적이었거든."

이야기를 들어보니 화제가 된 것은 바로 컨트롤 기법이었다.

병력의 진형이 끊임없이 변화하며 자유자재로 움직이니, 살아생전의 군대 지휘 방식이 고착되어 있었던 계약자들이 충격받지 않을 수가 없었다.

더욱이 서열 1위의 나폴레옹이 가장 먼저 지명했으니, 이신은 더더욱 주목을 받았다.

"하지만 이번에는 우리도 만만치 않으니 어디 두고 보자고. 날한 편에 안 껴준 대가를 치르게 해줄 테니까!"

조아생 뮈라는 유쾌하게 웃으며 다른 곳으로 떠났다.

항우 또한 아니꼬운 눈길로 이신을 쳐다보다가 이내 등을 돌렸다.

두 사람이 떠나가자 그제야 오자서가 다가와 나직이 말했다.

"앞으로 남은 싸움은 만만치 않을 것 같네."

"아시는 게 있습니까?"

"조아생 뮈라와 항우가 한편일세."

그 말에 이신도 흠칫했다.

"저 두 사람이 말입니까?"

"그렇네."

"저 둘을 지명한 계약자가 누구입니까?"

이신이 물었다.

"그건 내가 가르쳐 주지."

대답은 다른 곳에서 들렸다.

두 명의 젊은 미남자가 걸어오고 있는 게 보였다.

한 사람은 바로 나폴레옹이었다.

젊은 시절의 수려한 외모를 그대로 간직한 나폴레옹은 작은 키에도 당당했다.

키가 작다는 것도 현대인인 이신의 기준일 뿐, 나폴레옹의 키는 167㎝로 당시의 평균 남성 키보다 오히려 약간 더 큰 편이었다.

대관식에 온 듯한 화려한 황제 복장까지 나폴레옹을 더없이 화려하게 만들었다.

그에 반해 옆에 있는 또 다른 서양인 미남자는 고대 그리스 시대를 연상케 하는 복장에 머리에는 면류관을 쓰고 있었다.

나폴레옹보다 더 작은 키가 흠이라면 흠이었다.

적포도주가 담긴 잔을 들고 있는 두 사람은 서로 사이가 좋아 보였다.

"저 친구가 이신인가?"

면류관의 남자가 이신을 턱짓으로 가리키며 물었다.

나폴레옹은 고개를 끄덕였다.

"나에게 승리를 가져다주고 있는 행운의 여신이지."

"여신처럼 곱상하게 생기긴 했군."

이신을 응시하는 면류관을 쓴 남자의 눈빛이 점점 강렬해졌다.

꿈틀.

이신의 몸속에 잠자코 있던 마력이 뜬금없이 요동쳤다.

위협을 느껴 마력이 스스로 반응한 것이었다.

그랬다.

면류관을 쓴 사내는 악마군주 수준의 엄청난 마력을 지니고 있었다.

그런 존재가 강렬한 시선으로 바라보니 이신의 마력이 위협을 받지 않을 수 없었다.

그 바람에 이신도 덩달아 긴장했다.

하지만 정말 위협할 생각은 없었는지 이내 면류관을 쓴 남자는 시선을 가라앉혔다.

나폴레옹은 그 남자를 가리키며 말했다.

"이 남자가 바로 조아생 뮈라와 항우를 지명한 장본인이다. 서열 2위의 악마군주 바알의 계약자지."

"곧 네 녀석을 제끼고 1위로 다시 올라설 것이다."

"하하, 언제든 또 도전하라고. 어차피 우리의 삶의 낙이야 술과 여자와 서열전밖에 없지 않나. 아, 자네는 남자도 추가해야 하나?"

그 말에 이신의 머리가 빠르게 돌아갔다.

양성애자를 암시하는 말이었다.

서열 2위에 있을 정도로 어마어마한 거물급 위인.

고대 그리스 시대의 복장.

그중에서도 양성애자…….

이신은 한 가지 이름을 떠올렸다.

"알렉산드로스 대왕?"

"그렇다."

면류관을 쓴 남자가 답했다.

"내가 바로 마케도니아의 왕 알렉산드로스다."

이신은 소름이 끼쳤다.

나폴레옹과 동급으로 세계사에 엄청난 영향을 끼친 신화적인 영웅이 눈앞에 있었다.

이렇게 가까운 거리에서, 직접 실물을 보게 된 것이었다.

세계의 왕이 되고자 했고, 또한 신이라 불리고 싶었던 자.

소아시아의 수많은 왕들이 그의 후예임을 자처했을 정도로 신화적인 대왕을 말이다

"꽤 놀란 얼굴이군?"

알렉산드로스가 장난스럽게 물었다.

"예, 뵙게 되어 영광입니다."

이신은 정중하게 인사했다.

굳이 유명 인물이기 때문만이 아니라, 엄청난 마력에서 풍기는 존재감 때문에 자연스럽게 존대를 할 수밖에 없었다.

"참고로 내 종족은 마물이다."

"마물 하나에 오크가 둘이군요."

"괜찮지? 내가 구상한 조합이."

"굉장히 빠를 것 같습니다."

이신은 마물 하나에 오크 둘이 조합되었을 때의 시너지를 떠올려 보고는 직관적으로 말했다.

"그래, 빠르지. 그게 내가 구상했던 종족의 조화야."

"저 친구는 평소에도 빠른 속도전을 즐기지. 그것 때문에 평소에도 많이 고전도 했는데, 조아생 뮈라와 항우까지 얻었으니 더욱 가파른 속도로 우리를 압박할 걸세."

이신은 그야말로 오싹해졌다.

항우, 조아생 뮈라.

하나같이 부하 장수로 부리면 엄청난 힘이 될 것 같은 맹장들이었다.

알렉산더가 그런 두 사람을 휘하에 두고서 전쟁을 지휘한다?

'정말 대단하겠군.'

현대전에서도 통용되는 망치와 모루 전술은 알렉산드로스와 그의 아버지 필리포스 2세가 원조 격이었다.

즉, 알렉산드로스처럼 기병을 잘 활용하는 지휘관도 없었다.

그런 알렉산드로스에게 항우와 조아생 뮈라가 주어졌으니, 호랑이가 날개를 단 격이리라.

"말은 잘하는군. 그쪽도 지금까지 무패로 올라왔다지?"

알렉산드로스가 딴죽을 걸었다.

그 말뜻은 알렉산드로스의 팀도 한 차례의 패배도 없이 압승을 거뒀다는 뜻이었다.

"뭐, 운이 좋았지. 동료를 잘 고른 내 안목의 승리라고 해야 하나?"

나폴레옹은 이신의 어깨에 손을 얹으며 말했다.

"운이든 뭐든 난 자신이 있다. 지금 우리는 조합이 아주 훌륭해서 아무도 제대로 대처하지 못하고 무너지더군. 너도 그리 될 것이다, 보나파르트."

"너무 날이 서 있는데? 이런 자리에서는 같이 술잔이나 기울이며 즐기자고."

"친구 대하듯 하기에는 내 원한이 꽤 깊지. 내게 1위에서 끌어내려지는 수모를 겪게 만든 건 네 녀석이 처음이니까."

알렉산드로스는 눈살을 찌푸리며 계속 쏘아붙였다.

"전장은 질리지도 않게 헤셀만 고르고 말이지."

"헤셀이 아니면 자네를 이기기 어렵거든."

헤셀은 투석기를 쓰기 매우 좋은 지형이 특징인 전장이었다.

서열 1위를 빼앗은 뒤, 나폴레옹은 유리한 전장인 헤셀만 골라서 알렉산드로스의 도전을 물리친 모양이었다.

실력이 비등하다면 전장의 지형적 특징이 큰 영향을 발휘할 터.

알렉산드로스가 나폴레옹을 얄미워하는 것도 무리는 아니었다.

'하지만 그런 것치고는 친해 보이는군.'

함께 술잔을 기울이는 두 사람을 보면서 이신은 생각했다.

가장 강력한 적수라 할 수 있는 서로에게 우정을 느낀다니, 이해하기 어려운 감정이었다.

하지만 이신은 자각하지 못했다.

필시 강력할 게 분명한 상대를 보며, 이신 또한 기대감에 흥분을 느끼고 있었다.

'오크의 기마군단과 마물의 물량이 합쳐진다면, 한숨 돌릴 틈이 없는 엄청난 혈전이 되겠군.'

알렉산드로스가 펼쳐 보일 다채로운 전술이 머릿속에 그려진다.

이쪽은 휴먼이 둘이었다.

계속해서 막고 또 막다가 결국은 이겨내든지, 아니면 조금씩 방어선이 무너져 내린 끝에 처절하게 패하든지, 둘 중 하나였다.

어느 쪽이든 엄청난 유혈이 낭자하는 공방전이 될 터.

상상하면 할수록, 이신은 온몸이 뜨거운 불덩어리로 달구어지는 듯했다.

*   *   *

알렉산드로스, 항우, 조아생 뭐라!

시공과 상상을 초월한 그 조합에 이신은 전율을 느꼈다.

그야말로 최강의 공격력이었다.

최대 속도의 기동전을 구사할 것임이 틀림없었다.

"좋으신 양반들이 여기에 다 있군!"

문득 걸걸한 목소리가 울려 퍼졌다.

모두들 고개를 돌려보니, 그을린 피부에 덥수룩한 콧수염을 가진 거친 인상의 사내가 다가오고 있었다.

역시나 강력한 마력이 느껴지는 인물이라 이신은 긴장과 함께 궁금함을 느꼈다.

"누구입니까?"

"나도 잘 모르겠네. 마력으로 보아 최상위 10위권의 인물임은 틀림없겠지."

오자서가 답했다.

나폴레옹과 알렉산드로스는 불청객처럼 대화에 낀 사내에게 알은체를 했다.

"그대도 살아남았군."

"바야투르인가."

이신은 고개를 갸웃거렸다.

'바야투르?'

그런 이름을 가진 옛 위인은 기억이 나지 않았다.

혹시나 기록이 남지 않아 잘 안 알려진 인물인가 싶어 이신의 관심이 높아졌다.

"다들 무패로 올라오셨다고? 어지간히 약한 상대들만 만나셨나보군."

"너무하는군. 상대 중엔 한신도 있었다고."

나폴레옹이 너스레를 떨자 바야투르는 코웃음을 쳤다.

"흥, 한신 그깟 놈이 뭐라고. 내게 굽실거렸던 유방 따위의 부하 아니냐."

"하지만 자네도 한신에게 져서 서열을 빼앗긴 적이 있지 않나."

나폴레옹의 웃음 섞인 말에 바야투르의 눈살이 일그러졌다.

"복수도 해줬다. 지금은 내가 위라는 걸 기억했으면 좋겠군, 보나파르트."

"5위 이하의 것들에게는 흥미가 없다."

알렉산드로스의 오만한 일침에 바야투르는 씩씩거렸다.

대화를 듣던 이신은 놀라움을 느꼈다.

지금은 한신보다 서열이 높다니, 적어도 서열 9위 이상.

그리고 살아생전에 한고조 유방이 자신에게 굽실거렸다고 주장했다.

그렇다면······.

'누군지 알겠군.'

이신은 바야투르에게 다가가 질문했다.

"묵돌 선우입니까?"

"오, 날 아나?"

바야투르가 무척 기뻐했다.

"아시아 사상 최초의 유목국가를 세운 사람으로 역사에 알려져 있습니다."

"크으, 기특하군. 너 마음에 들었다!"

바야투르는 이신의 등을 탕탕 두들겼다.

"요즘 지옥에 온 신참들은 말이야, 유방이나 한신은 잘 아는데

날 모르더란 말이야. 이게 말이 된다고 생각해?"

그렇게 투덜거리는 것도 무리는 아니었다.

유방과 한신은 초한지로도 잘 알려져 대중적인 인지도가 높다.

하지만 바야투르를 아는 사람은 그리 많지 않았다.

묵돌 선우.

모돈(冒頓) 선우라고도 불리며, 그의 이름은 투르크어로 바야투르(Bayatur)다.

흉노족의 2대 선우로, 동호와 월지를 섬멸하고 서방세계까지 강력한 영향력을 행사한 어마어마한 정복자였다.

유방이 항우를 물리치고 천하를 통일했다고는 하지만, 유목민족을 통합시킨 묵돌 선우에 비할 바가 아니었다.

묵돌 선우가 한나라를 상대로 약탈을 일삼자, 유방은 40만 군세를 이끌고 원정을 시도했으나 참패를 당하고 항복하는 굴욕을 겪었다.

그 뒤로 한나라는 100여 년간 흉노에 공물을 바치며 돈으로 산 평화를 유지해야 했다.

아버지와 형제들을 죽이고 선우의 자리에 올라 유목민족을 통합하여 제국을 건설하기까지… 그의 삶은 입지전적이라 할 수 있었다.

"한신이 이 자리에 있었다면 볼만했을 텐데, 아쉽군."

"그깟 놈과 날 자꾸 비교하니 화가 나는군. 보나파르트여, 이번 기회에 널 꺾고 서열 1위의 자리까지 차지할 생각이니 그때

가면 절대 날 무시할 수 없을 것이다."

"내가 자네를 무시했다니? 친구끼리 그런 섭섭한 말은 하지 않도록 하세."

"누가 친구냐!"

화를 내는 바야투르를 보며 낄낄거리는 나폴레옹이었다.

그런 거물들의 대화를 듣던 중, 오자서가 이신에게 다가와 물었다.

"저자가 누군지 아는 눈치군?"

"예, 유목민족을 통합하고 대제국을 건설한 인물입니다. 중국을 통일한 한나라의 유방도 저 사람에게 무릎 꿇었습니다."

"허, 굉장한 인물이군."

오자서는 춘추전국시대를 살았던 사람이었다.

그는 천하를 장악한 위대한 왕조차 묵돌 선우에게 굴복했다는 말에 혀를 내두를 수밖에 없었다.

"전쟁으로 역량을 많이 소진한 까닭도 있긴 합니다."

"그래도 저자가 대단하다는 것은 부인할 수 없겠지."

"그건 그렇습니다."

하지만 결국 전쟁과 약탈을 일삼은 왕이기 때문에 이신은 그를 나폴레옹이나 알렉산드로스처럼 높이 평가하지 않았다.

그렇게 쟁쟁한 계약자들이 속속히 나타나며 연회의 분위기는 무르익었다.

그런데 그때였다.

[초대에 응해주신 악마군주 및 계약자 여러분을 환영합니다.]

안내음이 울려 퍼졌다.
시끌벅적했던 분위기가 뚝 그쳐 버렸다.
일순간에 고요해진 연회장.

[지금부터 축제의 최종 결전을 위한 행사를 시작하겠습니다.]
[현재까지 축제에서 가장 뛰어난 실력을 발휘한 팀은 4승 무패를 기록하신 악마군주 바알, 아미, 벨리알 님입니다.]

알렉산드로스의 팀이었다.
"우리가 아니군."
나폴레옹이 투정을 부리듯이 중얼거렸다.

[두 번째는 마찬가지로 4승 무패를 기록한 악마군주 아가레스, 그레모리, 안드로말리우스 님입니다.]
[순위는 승리와 패배 회수 및 승리에 걸린 시간을 감안했습니다.]
[세 번째는…….]

계속해서 세 번째와 네 번째 성적의 팀도 발표되었다.

세 번째는 4승 1패를 기록한 서열 12위의 악마군주 할파스와 보티스, 오로바스의 팀.

그중 오로바스는 프랜시스 드레이크를 계약자로 두고 있는 악마군주였다.

네 번째는 4승 2패를 기록한 서열 8위의 악마군주 바르바토스와 바틴, 몰렉의 팀.

악마군주 바르바토스의 계약자가 바로 바야투르였다.

"갑자기 왜 순위를 정하는지 모르겠군. 저러니까 우리가 가장 약한 것 같잖아."

함께 있던 바야투르가 나지막하게 투덜거렸다.

나폴레옹은 사실 아니냐며 농담을 걸었고, 덕분에 바야투르가 화가 난 나머지 손에 있던 술잔을 쥐어서 깨뜨려 버리는 해프닝이 있었다.

[뛰어난 솜씨를 보여준 이 4팀에 대하여 마신께서 크게 기뻐하셨습니다.]

[따라서 위 4팀에게는 포상으로 등수에 따라 차등적으로 마력이 수여됩니다.]

이윽고, 이신의 귓가에 또 다른 안내음이 울려 퍼졌다.

[악마군주 그레모리 님께서 3만 마력을 획득하셨습니다.]

'3만?'

연회장을 둘러보니 기뻐하는 그레모리도 볼 수 있었다.

"3만이로군. 그쪽은 얼마나 받았나?"

나폴레옹이 알렉산드로스에게 물었다.

알렉산드로스는 덤덤히 말했다.

"5만."

"오, 참가비는 챙겼군."

"홍, 고작 본전 뽑겠다고 축제에 임한 게 아니다."

서열 2위 악마군주의 계약자인 알렉산드로스에게 5만 마력은 정말 별거 아니리라.

하지만 같은 팀인 조아생 뮈라와 항우 등은 기뻐하는 기색이 역력했다.

"똑같이 4승 무패인데 간발의 차이로 이런 차별이라니, 조금 억울하군."

"같은 4승이라도 똑같은 게 아니니까."

자신만만한 알렉산드로스. 지금까지 압도적인 승리만을 거뒀음이 분명해 보였다.

[또한, 마신께서는 이 축제에서 가장 뛰어난 활약을 펼친 계약자의 악마군주에게 10만 마력의 포상을 내리시기로 결심하셨습니다.]

—오!

—10만이라고?

"10만이면 상당하잖아?"

—내 계약자일 것이다!

마력에 목을 매는 악마들이 흥분했다.

악마군주들은 뜨거운 기대를 품으며 포상의 주인공이 누구인지 기다렸다.

"누구일 것 같나? 아무래도 자네나 나의 팀 중에 있을 것 같은데."

나폴레옹이 알렉산드로스에게 물었다.

알렉산드로스는 단호하게 말했다.

"나나 항우겠지."

"그럴까? 나도 짐작 가는 주인공이 한 사람 있는데."

계약자들 또한 결과에 큰 관심을 가졌다.

가장 뛰어난 활약을 펼친 계약자.

그것은 마계 전체에 자신의 명예를 드높일 수 있는 절호의 기회였다.

파아아앗!

연회장의 중앙 허공에 갑자기 칠흑색의 구체가 나타났다.

모두의 시선이 구체로 향했다.

거대한 구체 속에서 어떤 영상이 나타났다.

서열전의 한 광경이었다.

'응?'

이신은 구체가 보여주는 영상이 어쩐지 낯이 익은 기분이 들었다.

기분 탓이 아니었다.

그건 이신이 축제에서 치른 서열전이었다.

위아래에서 한신의 군세가 덮쳐든다. 양방향 협공을 받아 전멸당해도 이상할 게 없는 상황.

그런데 석궁병과 방패병·장창병으로 구성된 소수의 병력이 기민하게 움직였다.

위아래로 덮쳐지는 걸 피해 좌측으로 빠지면서 일점사격!

엘프 슈터의 사정거리 밖으로 피해 다니면서, 따라붙는 헬하운드들을 공격.

순간순간 진형(陣形)이 흐르는 물처럼 변하면서 상황에 따라 유리한 위치만 골라 다니며 싸운다.

"오오!"

"저게 뭐지?"

"어떻게 저런 지휘를 내릴 수 있는 거지? 말도 안 되는 상황이야!"

"아니, 저건 지휘가 아니라 계약자가 모든 병력을 다 일일이 조종하는 거다!"

"저런 식으로도 싸울 수 있었나!"

"하지만 저렇게 세밀하게 병력을 일일이 조종하는 게 가능한가? 정신력이 엄청나게 소모될 거야."

"건물 짓고 전략 짜고 명령 내리기도 바쁜데……."

모두가 경악을 했다.

구체 속의 영상은 바로 이신의 지휘였다.

머릿속에 마우스와 키보드 단축키를 만들어서 모든 상황을 효율적으로 통제하는 프로게이머의 방식.

그것은 계약자들로서는 상상도 할 수 없었다.

이윽고 다른 장면이 나타났다.

이번에는 원숭환과의 마지막 회전(會戰)이었다.

전장의 중앙에 양측의 대군세가 격돌한 상황.

원숭환이 대포를 계속해서 전진 배치시키며 압박의 수위를 높여나간다.

그때 2척의 열기구가 나타났다.

화르르르르르르르!!!

단숨에 전장을 온통 불바다로 만들어 버리는 마법사들의 마법.

열기구를 활용해 마법사들의 파이어 스톰 파괴력을 극대화한 이신의 대활약이었다.

이 또한 컨트롤 기법을 써서 마법사를 일일이 통제한 것인데, 이 기법을 모르는 계약자들은 그저 경탄하며 전장을 가득 채우는 불길에 압도될 따름이었다.

파아앗!

영상을 보여주었던 구체가 다시 사라졌다.

[72악마군주의 축제에서 현재까지 가장 뛰어난 활약을 한 주인공은 바로 악마군주 그레모리의 계약자 이신입니다.]

"하핫! 그럴 줄 알았지!"

나폴레옹이 박수를 치며 기뻐했다. 오자서도 이신에게 축하의 말을 건넸다.

"저 정도의 실력자였다고?"

알렉산드로스는 상당히 놀란 눈으로 이신을 바라보았다. 모두를 내려다보는 듯한 특유의 오만함이 이제 보이지 않았다.

[악마군주 그레모리 님께서 10만 마력을 획득하셨습니다.]

악마들은 영광의 주인공이 된 악마군주 그레모리와 이신을 향해 박수를 쳐주었다.

연회 자리에서 13만 마력을 얻은 것이다!

[마력 총량 60만 9천으로 악마군주 그레모리 님께서 서열 44위가 되셨습니다.]

49위에서 44위로 단숨에 상승한 그레모리였다.

이신을 바라보는 주변 계약자들의 눈빛이 무겁게 변했다.

경계해야 하는 위험한 적임을 깨달은 것이다.

이신의 지휘 영상은 그만큼 충격적이었다.

그때, 안내음이 울려 퍼지면서 축하의 분위기가 다시금 전환되었다.

[그러면 지금부터 최종 승자를 가리기 위한 대진을 발표하겠습니다.]

[각 팀을 대표하는 계약자는 연회장 중앙으로 모여주십시오.]

이에 나폴레옹과 알렉산드로스가 걸어 나간다.

바야투르도 술잔을 내려놓고 걸어 나갔다.

그리고 연회장의 반대편에서 또 한 명의 인물이 중앙으로 걸어 나왔다.

'누구지?'

팀의 리더 역할을 맡고 있는 또 한 명의 계약자를 보게 되자 이신은 관심이 생겼다.

평범하게 생긴 백인 사내였다.

큰 키에 짧은 머리스타일을 보니 비교적 근래의 인물로 보였다.

그런데 얼굴을 본 순간, 이신은 묘하게 낯설지 않다는 기분이 들었다.

잘 알려진 얼굴도 아니었다.

하지만 어디선가 책을 읽다가 저런 얼굴을 사진으로 본 것 같았다.

'초상화가 아니라 사진이었다. 역시 근현대쪽 인물 같은데.'

그런데 그때였다.

문득 그 사내도 시선을 이신 쪽으로 옮기다가 눈이 마주쳤다.

사내는 가볍게 미소를 지어 보였다. 밝은 인상을 가진 유쾌한 사내였다.

그 미소를 본 순간 이신은 기억 속에서 뭔가가 떠오르려 하는 것을 느꼈다.

정답은 옆에 있던 오자서가 알려주었다.

"발터 모델일세."

"아!"

비로소 완전히 기억이 떠오르자 이신은 저도 모르게 감탄했다.

활약만큼 대중에 잘 알려진 인물이 아니라서 떠올리기 쉽지 않았다.

"오토 모리츠 발터 모델이었던가? 이름은 당연히 알고 있지만, 그가 살아생전에 어떤 인물이었는지는 모르겠더군. 자네는 아나?"

오자서의 질문에 이신은 고개를 끄덕였다.

"방어전의 귀재였습니다."

"원숭환 같은?"

"글쎄요. 불리한 상황에서 무너지려는 방어선을 재건해낸 활약상을 펼쳤었죠."

발터 모델은 2차 세계대전 당시의 독일 육군 원수였다.

별명은 총통의 소방수.

위기가 닥칠 때마다 히틀러가 일을 맡긴 지휘관이었기 때문이었다.

일반 병사로 시작해 원수까지 오른 입지전적인 군인으로, 지휘관으로서의 그의 평가는 방어전의 마스터(Meister der Defensive).

"하지만 방어에 능하다는 평가는 이미 아군이 수세에 몰린 상황에서 활약했기 때문입니다. 최상의 순간에는 공세로 전환하여서 적극적으로 포위섬멸전을 펼쳤습니다."

"대단한 지휘관 같군."

"저 서열에 있는 계약자들 중 대단하지 않은 사람은 없겠지요."

"하하, 그도 그런가. 하긴, 계약자로서의 그의 이력을 봐도 대단하다는 걸 알 수 있지."

발터 모델은 서열 12위의 악마군주 할파스의 계약자였다.

악마군주 할파스는 본래 38위였는데, 발터 모델을 계약자로 얻고서 12위까지 올라갔다고 한다.

상위 서열권의 경쟁이었음을 감안하면 굉장한 활약이었다.

파아아앗!

4팀을 대표하는 계약자 넷이 모이자, 연회장의 정중앙에 무언가가 나타났다.

그것은 안이 보이지 않는 바구니였다.

[바구니 안에는 1부터 4까지의 숫자가 적힌 쪽지가 있습니다.]

[1을 뽑은 팀은 2를 뽑은 팀과 대결하게 되며, 3을 뽑은

팀은 4를 뽑은 팀과 대결합니다.]

　[대결은 마찬가지로 2승을 먼저 거둔 쪽의 승리가 되며, 각 대결에서 승리한 두 팀은 5회를 겨루어 3승을 먼저 거둔 쪽이 최종 승자가 됩니다.]

　[각 팀을 대표하는 계약자께서는 한 사람씩 쪽지를 고르십시오.]

　한마디로 4강전은 3판 2선승제, 결승전은 5판 3선승제의 다전제 대결이라는 뜻이었다.

　"알렉산드로스 측은 피하고 싶지 않나?"

　"예."

　오자서의 의견에 이신도 동의하는 바였다.

　바야투르나 발터 모델이나 대단하기는 마찬가지지만, 알렉산드로스처럼 팀원의 조합이 강렬한 시너지를 발휘하는 팀은 없었다.

　알렉산드로스가 먼저 바구니에 손을 넣어 쪽지를 집었다.

　그러자 안내음이 들렸다.

　[악마군주 바알 님의 계약자 알렉산드로스 님께서 3을 뽑으셨습니다.]

　"4를 피하기를 빌어야 하나?"

　유쾌하게 웃은 나폴레옹이 뒤를 이어 바구니에서 쪽지를 뽑왔다.

[악마군주 아가레스 님의 계약자 나폴레옹 보나파르트 님께서 1을 뽑으셨습니다.]

"하핫, 역시 난 운이 좋단 말이야."

껄껄 웃는 나폴레옹.

"흥, 몰락해서 섬에 유배당했던 녀석이 운 타령은."

비아냥거리는 알렉산드로스.

나폴레옹은 지지 않고 어깨를 으쓱하며 맞받아쳤다.

"난 적어도 병사들이 파업하는 일은 겪지 않았다네. 병사들이 다들 날 좋아했거든."

알렉산드로스는 코웃음을 쳤다.

"그래서 그렇게 배신을 당했나?"

"은혜를 모르는 녀석들이 어디 한둘이어야지. 자네 팀에도 한 명 있지?"

조아생 뮈라는 식은땀을 흘리며 딴청을 부려야 했다.

"고약하구만. 그래도 2를 뽑는 게 좀 더 나을 것 같아."

바야투르가 그렇게 말하며 쪽지를 뽑았다. 알렉산드로스 측보다는 나폴레옹 측이 더 쉬운 상대로 보였던 모양이었다.

하지만 그는 이내 오만상을 찌푸려야 했다.

[악마군주 바르바토스 님의 계약자 바야투르 님께서 4를

뽑으셨습니다.]

"제기랄!"

분통을 터뜨리는 바야투르.

발터 모델은 나직이 미소 지으면서 바구니에서 하나밖에 남지 않은 2번 쪽지를 가져갔다.

"그대가 우리의 상대가 되었군."

"영광입니다."

나폴레옹은 발터 모델과 악수를 했다.

하지만 오자서와 이신에게로 돌아온 나폴레옹은 나직이 혀를 차고 있었다.

"이거 싫은 상대가 걸린 것 같군."

"알렉산드로스보다는 괜찮은 상대 아니오?"

오자서가 물었다.

"알렉산드로스의 팀도 무섭긴 하지만, 난 발터 모델 쪽이 더 꺼렸네."

"그 연유가 무엇이오?"

"그 팀은 종족 구성이 벽창호 같지. 셋 다 드워프거든."

"허……!"

"……!"

오자서와 이신은 모두 놀랐다.

'3드워프라고?'

알렉산드로스와는 또 다른 의미로 극단적이었다.

드워프는 기동성이 낮기 때문에 결코 공격적인 종족이 아니었다.

가장 먼저 소환할 수 있는 드워프 총수는 강력하긴 하지만 다리가 짧아서 기본적으로 걸음이 느렸다.

대포도 마찬가지다.

대포의 이동성이 좋다는 것은 어디까지나 조립·분해의 과정을 거쳐야 하는 투석기와 비교했을 때였다.

분해·조립 과정을 빼면 이동 속도 자체는 대포가 더 느렸다.

이신이 열기구에 마법사를 태우고 나타났을 때, 원숭환이 대포들을 피신시키지 못한 이유가 무엇이겠는가?

드워프가 동원할 수 있는 비행 전력도 있다.

폭격기가 그것인데, 이 폭격기 역시 화력은 막강하나 이동 속도가 매우 느렸다.

하지만 방어에 전념했을 때, 드워프의 진정한 장점이 발휘된다.

자리를 굳건히 지키며 막강한 화력으로 적을 학살!

드워프의 방어력은 휴먼을 능가했다.

한번 유리한 고지에 자리를 잡고 있으면, 몇 배가 넘는 병력을 들이부어도 패배할 수 있었다.

"그런 드워프가 셋이라……."

오자서는 헛웃음을 지었다.

"이거 전장의 마력을 전부 캔 뒤에도 싸움이 끝나지 않을 수도 있겠소."

"그렇게 싸움이 길어지면 절대로 우리에게 유리한 상황이 아닐 걸세."

"저들의 지금까지의 전적이 4승 1패라 했소. 분명히 약점이 있기 때문에 1패를 한 게 아니겠소?"

그러자 대화에 이신도 끼어들었다.

"약점은 서로 동떨어진 위치에서 시작하게 되었을 때입니다."

"그렇겠지. 이동 속도가 좋지 않으니, 거리가 멀면 아군을 신속하게 지원해 줄 수 없을 거야."

전략을 논하게 되자 세 사람의 대화는 점점 열기가 뜨거워졌다.

결국 나폴레옹이 제안을 했다.

"여기서 이러지 말고 연회가 끝나면 내 궁전에서 회의를 하도록 하지."

*   *   *

연회 후, 나폴레옹의 궁전에서 열린 세 사람의 회의에는 뜻밖에도 한 사람이 더 초대되었다.

"반갑네."

큰 키를 가진 낯익은 인물이 이신에게 인사한다.

"역시나 자네는 내 생각대로 신이 내린 천재였네. 잠시나마 자네와 일전을 겨뤘다는 것을 영광으로 생각하네."

바로 그리고리 라스푸틴이었다.

악마군주 안드라스의 계약자인 그가 나폴레옹의 초대를 받고 온 것이다.

"자네가 여기는 웬일인가?"

오자서가 물었다.

"발터 모델의 팀과 싸웠던 경험을 들려주면 1만 마력을 선물로 준다고 하기에 기꺼이 달려왔소."

그리고리 라스푸틴도 축제에 참가했었던 모양이었다.

이신에게 패했을 때 서열이 60위 정도였기 때문에 축제에 참가하느라 쓴 마력 5만이 상당한 피해였으리라.

그렇게 절박했으니 나폴레옹이 1만 마력을 주겠다고 하자 냉큼 달려온 모양이었다.

"상대의 공격을 예측할 수 있는 당신의 능력이라면 팀에 큰 도움이 됐을 텐데, 어째서 졌습니까?"

"내 능력에는 분명한 단점이 있지. 첫째는 바로 자네처럼 쉴 새 없이 공격을 퍼부어서 예견이 무의미해질 정도의 난전이 되는 경우지."

"발터 모델이 저와 같은 수법을 썼다고 생각되진 않습니다."

"그는 내 두 번째 약점을 공략했네."

"그게 뭔가?"

오자서도 깊은 관심을 보였다.

말을 하려던 라스푸틴은 이내 어깨를 으쓱하며 나폴레옹을 바라보았다.

"제 약점을 상세히 설명해야 하는 이 상황은 껄끄럽군요."

"어떤 약점인지 짐작은 가지만, 뭐 1만 마력을 추가로 선물하겠네."

"감사합니다."

정중하게 예를 표한 라스푸틴은 뻔뻔하게 설명을 이어나갔다.

"그들은 공격을 하지 않았습니다."

뜻을 알 수 없는 말로 관심을 끄는 특유의 화법을 구사하는 라스푸틴. 이런 말투 하나하나에서 요승(妖僧)이라 불렸던 전적을 떠올리게 했다.

라스푸틴의 설명이 이어졌다.

"공격을 하지 않고도 이미 이겨 있는 상황을 만들었습니다. 의도를 알아차렸을 땐 이미 돌이킬 수가 없었지요."

이신은 그 말뜻을 알아차렸다.

"전선을 끌어 올려서 한순간에 전장의 중앙 지역을 장악했겠군요."

"과연 신이 내린 재능을 가지신 젊은이로군."

라스푸틴이 격찬을 했다.

드워프는 이동 속도가 느리지만 한번 자리를 잡으면 매우 강력한 방어력을 지닌다.

이를 활용하여 적의 이목을 피해 긴밀히 병력을 전진시켜서 주요 고지를 선점하는 방식은 전략의 기본이나 다름없었다.

"주력 병과가 무엇이던가?"

오자서가 물었다.

라스푸틴이 답했다.

"대포와 폭격기였습니다."

"으음, 역시!"

오자서가 침음했다.

지상의 대포와 공중의 폭격기.

엄청난 화력의 조합이었다.

대포와 폭격기로 중무장한 적이 천천히 전진하며 압박을 해오면 대책이 잘 서지 않는다.

"방어적으로 장기전을 택하면서, 셋 중 한 사람은 폭격기를 준비했군."

"예, 폭격기는 프랜시스 드레이크가 맡았지요. 당대 최고의 해적다운 솜씨로 매복과 기습을 일삼더군요."

"이신 그대가 선보였던 마법사를 열기구에 태워 활용하는 전법도 위험하겠는데?"

나폴레옹의 물음에 이신은 고개를 끄덕였다.

"폭격기가 있다면 열기구를 쓰기가 곤란합니다."

방어의 사자라 불렸던 발터 모델이다.

전투기가 활용되었던 2차 세계대전을 경험한 발터 모델이라면, 지상뿐만 아니라 공중도 지켜야 할 영역으로 계산에 두고 움직일 터.

폭격기가 적절한 위치에 배치되어서 열기구의 동선을 차단한다면, 열기구를 전략적 카드로 선택했던 이신의 운신 폭이 크게 줄어들게 된다.

"기동성은 우리가 우위에 있으니, 위치를 봐서 홀로 고립된 적이 보이면 즉시 쳐서 빠른 각개격파를 꾀하는 초반의 승부가 좋을 것 같소."

"옳은 말이네."

오자서의 의견에 나폴레옹도 동의했다.

"하지만 저들의 위치가 안 좋게 걸리기만을 바랄 수는 없지. 근본적인 전략이 필요한데……."

그러자 이신이 말했다.

"제게 생각나는 전략이 하나 있긴 합니다."

모두의 시선이 이신에게로 모였다.

제8장

새로운 사도

이신이 말했다.

"공군(空軍)은 최단 경로로 빠르게 이동해 적의 허점을 타격하는 데 의미가 있습니다."

"그렇지."

나폴레옹이 고개를 끄덕였다.

전투기가 없었던 시대에 살았지만 공군의 개념 정도는 마계에서 충분히 공부해 알고 있었다.

"하지만 드워프의 폭격기는 이동 속도가 느려서 그런 용도로 활용할 수 없습니다. 그럼에도 상대 측이 폭격기를 주력으로 쓰는 이유는, 공군이 아닌 지상군의 확장된 개념으로 여긴다는 뜻입니다."

한마디로 폭격기를 지상군처럼 쓴다는 뜻이었다.

폭격기가 이동 속도가 느리긴 하나, 대포처럼 느리지는 않다.

또한 좁은 길목이나 언덕, 강 등의 지형적인 제한에 구애받지 않고 움직인다는 비행체의 장점을 그대로 갖고 있었다.

또한 폭격기의 공격력은 상당히 우수한 편.

대포의 장거리 포격과 이를 호위하는 폭격기의 조합은 상당히 우수한 드워프의 장기전 전력인 셈이다.

"그건 맞소. 대포와 폭격기를 함께 사용하면 좁은 길목에서도 대군을 운용할 수 있지."

오자서가 계속 말했다.

"제13전장은 특히나 강이 많소. 강 건너에서 대포가 포격을 하고 폭격기가 강 위를 자유자재로 넘나들며 동조하면 우리로서는 곤란할 거요."

"언덕이 가로막고 있다면 우리가 유리할 텐데 말이야."

나폴레옹이 안타깝게 중얼거렸다.

사거리는 비슷하지만 투석기는 포물선을 그리기 때문에 장애물이 가로막고 있어도 상관없다.

하지만 대포는 곡사포가 아닌 탓에 그러지 못한다.

그래서 드워프를 상대할 때는 건물을 바리케이드처럼 방어선 앞에 지어서 포격을 막는 용도로 쓰는 것이 좋았다.

"그래서, 그대가 생각하는 좋은 전략이란 게 뭐냐?"

나폴레옹이 물었다.

이신은 입을 열려다가 문득 이 자리에 함께 있는 라스푸틴을 보았다.

"그쪽은 이제 그만 떠나줬으면 좋겠습니다."

전략을 설명하는 자리이니 한편이 아닌 라스푸틴은 돌려보내려는 것이었다.

"그대의 재기 넘치는 대응 전략이 무엇인지 꼭 들어보고 싶었는데 안타깝군."

라스푸틴은 무척 안타까워했다.

"그럼 이 몸은 이만……."

파아앗!

정중하게 작별을 고한 라스푸틴은 그 자리에서 연기가 되어 흩어져 버렸다.

이신은 비로소 입을 열었다.

"우리가 제대로 된 공군을 쓰면 됩니다."

"그리핀을 쓰자는 것이군?"

나폴레옹의 질문에 이신은 고개를 끄덕였다.

그리핀에 석궁병을 태워서 쓰는 것이 휴먼의 비행 전력이었다.

결국 공격을 하는 건 그리핀에 타고 있는 2인의 석궁병이니 화력에서 폭격기보다 약세인 건 당연했다.

"화력에서 밀리는 대신 기동성은 압도적인 우위에 있습니다. 폭격기를 피해 전 전장을 누비며 지속적으로 타격을 가하면 피해를 누적시킴은 물론 적의 진격을 지연시킬 수도 있습니다."

견제의 달인인 이신다운 발상이었다.

오자서가 고개를 저었다.

"적의 방비가 좋으면 큰 성과를 거두기 어렵고, 그렇게 지속적으로 피해를 입힌다 해도 결국 결정적인 한 번의 회전에서 밀리면 패배일세."

이는 차이가 이신을 이기는 방법이었다.

이신의 치열한 견제를 막아내며 피해를 최소화하고, 그 대미지를 극복하며 대군을 일으켜 결정적인 한타 싸움에서 승리한다.

소나기처럼 퍼붓는 잽을 맞아가며 접근해 강력한 혹 한 방을 꽂아 넣는 것.

거기에는 누적된 피해를 능가하는 자원 우위가 바탕이 되어야 하는데, 즉각적으로 그런 개념을 떠올려 반박하는 것은 오자서다운 통찰이라 할 수 있었다.

"적의 대포와 우리의 투석기가 서로 대치하며 고착 상태에 이르렀을 때, 그 전선을 돌파하는 적의 수단이 바로 폭격기가 될 테지. 결국 폭격기를 막지 못하면 장기전에서 이기기가 힘들다는 거야."

나폴레옹이 계속 말했다.

"장기전에서 불리하다는 것은 초반과 중반에서도 불리하게 작용되지. 이 이유를 아나?"

마치 시험 문제를 내듯이 이신에게 질문을 던진 나폴레옹.

하지만 이신은 당황하는 기색 없이 단번에 대답했다.

"무언가 시도하지 않으면 안 되는 쪽이 우리라는 점입니다. 휴먼이나 드워프나 방어에 용이한 종족이니, 먼저 공격을 해야 하는 쪽이 불리할 수밖에 없습니다."

그것은 스페이스 크래프트에서 인류가 마물보다 우위에 있을 수밖에 없는 근본적인 이유이기도 했다.

나폴레옹은 가볍게 손뼉을 쳤다.

"잘 아는군. 그럼 이신 그대가 제시한 전략에서 가장 중요한 선결 과제가 무엇인지는 알겠지?"

"그리핀 부대로 폭격기를 물리치고 제공권을 장악할 수 있어야 한다는 점이지요."

"내 생각엔 그게 어려울 것 같은데 그대 생각은 어떠냐?"

"가능합니다."

오자서와 나폴레옹은 단언하는 이신을 흥미롭게 바라보았다.

이신은 문득 자리에서 일어났다.

그러고는 큰 보폭으로 한 발 내디뎠다..

"대략 이 정도입니다."

두 사람은 이신이 무슨 소리를 하는지 몰라 고개를 갸웃거렸다.

"이게 무슨 뜻인지 모르겠습니까?"

이신은 장난스럽게 나폴레옹에게 질문을 던졌다.

이번에는 그가 나폴레옹에게 시험 문제를 던져준 것이다.

나폴레옹은 눈살을 찌푸리며 고민했다.

이내 대답했다.

"사거리?"

이신은 미소를 지었다.

"맞습니다. 석궁병의 사정거리는 폭격기보다 대략 이 정도 더 길다는 장점이 있습니다."

"하지만 공격력은 압도적인 열세일세. 고작 그 정도의 우위만 가지고 폭격기를 꺾고 제공권을 장악할 수 있다는 겐가?"

오자서가 우려스럽다는 듯이 물었다.

"전쟁에서 기동성이 중요한 이유가 무엇입니까?"

이신의 질문에 나폴레옹이 어깨를 으쓱하며 답했다.

"원하는 곳에서 싸울 수 있고, 그때그때 상황에 맞춰 신속하게 대응할 수 있지."

"그리고 성동격서나 각개격파에 용이하지."

오자서도 거들었다.

이신은 고개를 끄덕였다.

"전부 옳은 말씀이십니다."

그리고 이어서 말했다.

"저도 그렇게 이길 겁니다."

"아……!"

나폴레옹이 나직이 감탄했다.

이신이 보여주었던 마술 같은 기이한 용병술의 요체(要諦)를 들은 것 같았다.

언젠가 부하 장군들이 나폴레옹에게 이렇게 말한 바 있었다.

"폐하께서는 언제나 적은 병력으로 다수의 적을 이기셨습니다."

이에 나폴레옹은 고개를 저었다.

"난 언제나 다수의 병력으로 소수의 적을 이겼다."

이는 나폴레옹의 지휘관으로서의 천재성을 알려주는 일화였다.

이신의 컨트롤도 바로 그러했다.

스케일만 더 축소되었을 뿐, 기본 개념은 동일했다.

유리한 진형을 짜서 언제나 다수의 아군이 소수의 적과 싸우는 형태를 만든다.

이신은 그러한 컨트롤로써 상대 측의 폭격기 부대를 그리핀 부대로 격파하겠다고 선언한 것이다.

"그리핀을 일찍 소환해 활약하면서 적의 폭격기가 일정 숫자 이상 모이지 않도록 견제하겠습니다. 그렇게 제공권을 쥐고 있으면 승부의 결정적인 카드 또한 쓸 수 있게 됩니다."

"그게 뭐지?"

"열기구에 마법사를 태워서 활용하기가 용이해집니다."

"제공권을 장악한 뒤에 열기구와 마법사를 활용해서 결정적인 승기를 가져온다? 괜찮은 수순이군."

오자서가 감탄을 하며 이신의 제안에 찬동했다.

나폴레옹도 고개를 끄덕였다.

"합리적이군. 제공권 장악 단계만 이루어진다면 확실하게 승기를 가져올 수 있겠어."

대포를 앞세운 드워프의 막강한 화력에 대하여, 마법사가 효과적인 카운터가 될 수 있다는 것은 이신이 증명한 바 있었다.

원숭환과의 싸움에서 펼쳐졌던 그 놀라운 불바다 말이다.

*   *   *

결국 발터 모델 팀과의 일전에서 뽑아들 핵심 카드로는 그리핀이 선정되었다.

지상군은 나폴레옹과 오자서가 맡고, 공중은 이신이 맡기로 했다.

'역시 궁병 중에 사도가 있어야겠어.'

휴먼에게 궁병은 쓰임새가 너무 많았다.

초반은 당연지사.

중반에도 화살탑에 집어넣어서 방어에 활용하거나, 그리핀에 태워서 비행 유닛이 된다.

그렇다 보니 다섯 사도 중 궁병이 없는 게 언제나 아쉬운 상황이 되는 것이다.

'기사 중에 사도가 둘이나 있으니 이 중에서 빼야겠는데. 역시 질 드 레밖에 없나?'

사도는 5인까지가 한계이므로, 새로운 사도를 받으려면 기존의 사도 중에서 한 사람을 빼야 했다.

그리고 이신은 질 드 레를 생각했다.

[질 드 레(휴먼, 기사)
무기: 롱 소드(공격속도 +5%)
방어구: 칠흑갑주(방어력 +5%, 이동 속도 +2%)

능력: 지휘(아군이 닿는 모든 시야를 볼 수 있고, 아군 병력을 최대 20명까지 휘하에 넣어 통제할 수 있습니다.)]

그동안 이신에게 없어서는 안 되는 사도로 활약해 온 질 드 레였다.

서열전을 펼칠 때, 이신을 대신하여서 현장 지휘관이 되어서 전투를 지휘하는 질 드 레가 있었기에 승리할 수 있었던 대결이 상당했다.

하지만 72악마군주의 축제 동안 질 드 레가 제대로 활용된 적은 드물었다.

왜냐하면 이신이 컨트롤 기법을 발견해내면서, 현장 지휘관으로서의 질 드 레의 가치가 소용없게 된 것.

마상전투에서의 용맹도 훌륭하긴 하지만 그 부분은 서영에 비할 바가 아니었다.

어디까지나 병력을 잘 통솔하는 지휘관으로서의 능력이 돋보였던 질 드 레의 장점이 이제는 불필요하게 되었다.

물론 그렇다고 질 드 레가 쓸모없다는 것은 결코 아니었다.

여전히 질 드 레는 이신의 훌륭한 모의전 상대였다.

함께 전략을 토의하는 참모이기도 했다.

'하지만 그러한 일들은 군이 사도가 아니어도 할 수 있지.'

사도에서 제외된다 해도, 질 드 레가 이신 권속의 악마임은 여전했다.

질 드 레를 사도에서 빼고 그 자리에 병과가 궁병인 사도를 추가한다면 훨씬 더 좋은 효과를 낼 수 있으리라.

질 드 레를 대체할 사도 후보로 먼저 떠오른 인물은 로빈 후드.

그러나 이신은 고개를 휘휘 내저었다.

'로빈 후드는 역시 사도감이 아니다.'

정확히는 전설 속의 인물인 로빈 후드를 자칭하며 셔우드 숲에서 도적질을 한 인물.

활 솜씨가 제법이고 대범한 면모가 있긴 하지만 사도로 뽑아야 할 정도로 탁월한 수준은 아니었다.

'보다 이름난 명궁이 없을까?'

역사 속에 등장한 명궁은 참 많았다.

명나라 명장 설인귀.

고려의 개국 공신 신숭겸.

백발백중(百發百中) 고사의 주인공인 양유기.

그 유명한 삼국지의 주인공 여포.

조선 태조 이성계 등.

하지만 중요한 건 살아생전에 큰 죄를 지어서, 현재 지옥에서 형벌을 받고 있는 인물이어야 한다는 점이었다.

그런 점까지 감안하면 쉽사리 떠오르는 인물이 없었다.

'하는 수 없군.'

가장 간단한 방법을 쓰기로 했다.

모의전에서 궁병을 계속 소환한다.

그리고 활 솜씨를 테스트해서 뛰어난 인물을 선별하는 작업이 필요할 듯했다.

결심을 굳힌 이신은 일단 질 드 레를 불러서 대화를 나눴다.

질 드 레는 쾌히 고개를 끄덕였다.

"주군을 위해 전장에서 싸울 수 없다는 것은 아쉽습니다만, 주군의 결정이 지당해 보입니다."

"너무 섭섭하게 생각하지 말도록. 내 권속 중 가장 중요한 사람은 여전히 너다."

이신은 성격상 보기 드물게 위로를 해주었다.

질 드 레는 이신에게 의미가 매우 컸기 때문이었다.

"물론입니다. 저는 저만이 할 수 있는 방식으로 주군을 계속 보필하겠습니다."

질 드 레도 찬성했으니, 이제 새로운 사도를 찾는 일만 남았다.

질 드 레와 모의전을 시작했다.

목적은 전략 연구가 아니라, 궁병 중에서 새로운 사도를 뽑는 것이었다.

이신은 일단 재빨리 테크 트리를 올리면서 콜럼버스, 이존효, 서영, 마르몽 등 사도들을 소환했다.

그리고 한자리에 불러놓고 명했다.

"지금부터 궁병들만 소환할 것이다. 너희는 궁병들을 모아놓고 활 솜씨가 좋은 이들을 추리는 작업을 하도록."

"어떤 방식으로 활 솜씨를 겨루게 할까요?"

서영이 물었다.

이신은 잠시 고민하다가 말했다.

"일단은 4단계로 테스트를 생각했는데, 난 궁술에 대해 잘 모르니 너희의 의견이 궁금하군."

이신은 자신이 생각한 4단계 테스트를 설명해 주었다.

1단계: 움직이지 않는 타깃을 맞춘다.

가장 기본적인 활 솜씨 테스트였다.

2단계: 빠르게 달리는 헬하운드를 맞춘다.

움직이는 타깃을 맞추는 능력뿐만이 아니라, 헬하운드가 달려드는 상황에서도 침착성을 유지할 수 있는지도 테스트하는 것이었다.

3단계: 석궁병으로 업그레이드한 뒤에 위의 두 과정을 테스트한다.

활이 아닌 석궁으로도 동일한 실력을 낼 수 있는지 알기 위함이었다.

4단계: 그리핀을 타고 비행하는 상태에서 달리는 헬하운드를 맞춘다.

이것이야말로 새로운 사도를 뽑는 궁극적인 목표였다.

그리핀을 타고 빠르게 비행할 때 활 솜씨를 제대로 발휘하지 못하면, 초반이 지나 중반에 접어들어서 쓸모가 없어지니 사도로 임명할 가치가 없다고 봐야 했다.

나름대로 고민하고서 치밀하게 구상한 테스트 단계였다.

이존효는 고개를 끄덕였다.

"아주 합당합니다. 그만하면 충분히 실력자를 뽑을 수 있을 겁니다."

"상당히 엄격하군요. 저걸 모두 통과하는 인재가 나올지 걱정 되기도 합니다."

오귀스트 마르몽이 우려를 제기했다.

하지만 서영이 고개를 저으며 반박했다.

"질 드 레 공의 빈자리를 대체할 사도를 뽑는 일입니다. 그 정 도가 되지 않으면 주군을 모실 자격이 없지요."

"그렇고말고. 내가 활을 잡아도 저 정도는 모두 통과할 수 있 어. 그것도 못하면 되나?"

이존효가 큰 소리를 쳤다.

살아생전에 용맹으로 적수를 찾기 힘들었던 이존효였기에 허 풍으로 들리지 않았다.

"저야 시키는 대로 합죠."

무예에 대해 전혀 모르는 콜럼버스는 어깨를 으쓱하며 동의했다.

사도들이 모두 동의하니 이신은 구상했던 대로 테스트를 진행 하기로 했다.

"그럼 시작해라."

이윽고 20채나 되는 병영에서 궁병들이 줄줄이 소환되기 시작 했다.

앞마당은 물론 다른 지역에도 마력석 채집장을 마구 구축했 기 때문에, 값싼 궁병쯤은 얼마든지 소환할 수 있는 마력 공급이 이루어졌다.

사도들은 각자 병영을 5채씩 맡았다.

자기가 맡은 병영에서 궁병이 소환될 때마다 불러놓고 테스트를 시작했다.

"자자, 너희들은 이쪽으로!"

"바쁘니까 빨리빨리 움직여라!"

사도들이 각기 바삐 움직이며 궁병들을 통솔했다.

궁병은 끊임없이 쏟아졌다.

더 이상 병력을 소환할 수 없을 정도가 되자, 본격적으로 테스트가 시작되었다.

촤촤촤악!

사방에서 들리는 화살 소리!

1단계 테스트가 끝나자 이번에는 약속했던 대로 질 드 레가 헬하운드 군단을 보내주었다.

한바탕 전투가 벌어졌다.

눈앞에서 헬하운드 떼가 이리저리 요란하게 움직일 때마다 궁병들이 일제히 화살을 날렸다.

아직 석궁병으로 업그레이드된 게 아니어서 헬하운드의 피해가 크지 않았다.

"서영입니다! 2단계 과정이 완료되었습니다!"

"저 이존효도 끝났습니다!"

"콜럼버스입니다. 이쪽도 완료입죠!"

"마르퐁입니다. 완료입니다!"

사도들이 보고를 해오자, 비로소 이신은 대장간에서 무기 개발을 지시했다.

무기 개발이 완료되자, 동시에 모든 궁병들이 석궁병으로 진화했다.

3단계 테스트의 시작이었다.

"역시 가장 두각을 보이는 건 로빈 후드라는 녀석이군요."

이존효가 말했다.

로빈 후드가 이존효가 지휘하는 무리 안에 있는 모양이었다.

이존효의 말에 따르면 활 솜씨는 물론 헬하운드를 눈앞에 두고도 배짱이 있으며, 석궁은 활보다 더 잘 다룬다고 했다.

이신은 눈살을 찌푸렸다.

'역시 로빈 후드밖에 없나?'

이름 있는 인물도 아니고 그저 도적 두목 출신인 까닭에 성에 안 차는 면도 있었다.

욕심일 수도 있지만, 현재 이신 휘하의 사도들의 면면을 살펴보면 충분히 그런 욕심을 부릴 법도 했다.

잔 다르크와 함께 백년전쟁을 승리로 이끈 질 드 레.

당대 무쌍의 맹장이었던 이존효.

동탁 휘하의 명장이었던 서영.

나폴레옹의 휘하 원수 중 하나이자 배신자였던 오귀스트 마르몽.

신항로를 개척한 콜럼버스까지.

하나같이 명성 높고 인지도 있는 인물이니, 듣도 보도 못한 사람을 사도로 쓰기에는 영 탐탁지 않았던 것이다.

아무래도 이름난 인물이 더 실력에 신뢰가 간다는 이신의 입장이었다.

'그래도 영 인재가 없으면 로빈 후드라도 뽑아야 하나?'

작전상 발터 모델에 대항하려면 궁병 병과의 사도가 필요하긴
했다.

'하긴, 사도로 뽑았다고 계속 쓰라는 법도 없지. 마력이 아깝
긴 하지만 일단은 생각을 해봐야겠군.'

그런데 바로 그때, 마르몽에게서 보고가 들어왔다.

"주군, 3단계 테스트가 끝났는데 희한한 놈이 하나 나타났습
니다."

"희한한 놈?"

"굉장히 뚱뚱한 녀석인데 몸집에 안 어울리게 굉장히 민첩하
고 활 솜씨도 기가 막힙니다."

"이름은 들어봤나?"

"로흐샨이라고 들었습니다. 소그드와 돌궐? 그쪽 출신이라고
하더군요."

소그드(Sogd)는 중앙아시아에서 동서교역에 종사한 이란계 민족.

돌궐(突厥)은 6세기 중엽부터 몽골고원을 중심으로 세력을 떨
치던 투르크계 유목민족으로, 몽골에서 쫓겨나 서진(西進)한 서
돌궐은 오늘날 터키로 이어진다.

'들어보지 못한 이름이라 아쉽군.'

틈날 때마다 두껍기 이를 데 없는 역사인명사전을 읽고 암기
한 이신이었지만, 로흐샨이라는 이름은 듣도 보도 못했다.

하지만 유목민족은 대체로 활을 잘 쏘고 말도 잘 타니 내심

기대가 되기도 했다.

"테스트에서 탈락한 석궁병들은 중앙 지역으로 진격시켜라."

4단계 테스트를 진행하려면 그리핀을 소환해야 했다.

때문에 꽉 찬 인구수를 비우기 위하여 탈락한 석궁병들을 싸움에 보내 소모하려는 의도였다.

한마디로 죽으라고 내보내는 비정한 결단.

하지만 어차피 전장에 소환된 이상, 죽더라도 싸워서 공을 세워야 죄를 감면받기 때문에 석궁병들로서도 손해가 아니었다.

3단계까지의 테스트에서 탈락한 석궁병들이 줄줄이 중앙 지역으로 이동했다.

그리고 중앙에 나오자마자 삼면(三面)에서 덮치는 헬하운드 군단에 포위돼 섬멸당했다.

이를 보고 이신은 피식 웃었다.

'질 드 레의 실력이 더 성장했군.'

이신의 컨트롤 기법을 보고 무언가 느낀 게 있었던 모양이었다.

컨트롤 기법처럼 치밀하지는 못했지만, 엄청난 숫자의 헬하운드가 일사불란하게 단번에 덮친 것이 인상적이었다.

석궁병들이 몰살당하고서 인구수에 여유가 생기자, 이신은 비로소 그리핀을 소환하기 시작했다.

[그리핀 목장에서 그리핀이 소환되었습니다.]

[그리핀 목장에서 '조종' 기술 개발이 완료되었습니다.]

12채나 되는 그리핀 목장에서 그리핀들이 대량으로 소환되었다.

사도들이 각자 석궁병들을 그리핀에 태워 테스트를 시작했다.

4단계 테스트는 이신이 특별히 상세히 주문한 대로 이루어졌다.

'아슬아슬한 사정거리에서 볼트를 쏘고 바로 U턴하여 후퇴하는 동작을 테스트시켜라.'

그랬다.

이신이 발터 모델 팀과의 일전에서 써먹으려 하는 것은 터닝 샷 컨트롤이었다.

마계 서열전에서도 터닝 샷을 실현시킬 수 있다면!

그렇다면 앞으로 훨씬 많은 서열전에서 승리를 거둘 수 있을 것이다.

3단계까지 통과한 석궁병은 몇 없었는데, 특히나 무예에 능해 기준이 엄격한 서영과 이존효의 경우는 통과한 석궁병이 서너 명씩밖에 되지 않았다.

그렇다 보니 네 사도가 한자리에 모여서 함께 4단계 테스트를 진행하기로 했다.

이신도 그 자리에서 함께 참관했다.

테스트에 임하는 석궁병들 중 이신의 눈길을 끈 것은 엄청난 거구의 석궁병이었다.

얼마나 몸집이 큰지 남들의 2배는 족히 될 듯싶었다.

"저자가 마르몽이 말한 로흐산인가?"

이신이 물었다.

마르몽이 고개를 끄덕였다.

"예, 그렇습니다. 제가 통솔했던 석궁병들 중에서는 단연 솜씨가 돋보였는데, 이존효나 서영이 보기에는 어떨지 모르겠습니다."

"그리 말하니 실력을 한 번 보고 싶군."

"내 눈에 차는 사람이 있기나 할지 모르겠는데."

서영과 이존효가 각각 말했다.

그때였다.

로흐샨이라는 뚱뚱한 석궁병이 문득 사도들에게로 다가왔다.

"서영 장군님이십니까?"

"내가 서영이다."

서영이 가볍게 대꾸했다.

로흐샨은 호들갑을 떨며 고개를 조아렸다.

"세상에! 말로만 듣던 서영 장군님을 뵙게 되어서 영광입니다!"

"날 아나?"

"살아 있었을 때 삼국지를 즐겨 읽었습니다. 저는 서영 장군님이 가장 명장이라고 생각합니다!"

일반적으로 대중이 아는 삼국지는 나관중이 창작한 것으로, 삼국지통속연의(三國志通俗演義)라 한다.

세계에 널리 알려진 그 창작 삼국지는 서영을 잠깐 등장하는 엑스트라 취급을 한다.

서영의 활약상이 그대로 반영된 책은 진수(陳壽)가 쓴 삼국지 정사로, 손견과 조조를 격파한 활약이 그대로 나온다.

이신은 문득 로흐샨이 중국에서 활동한 이민족이 아닐까 하는 생각이 들었다.

"네 이름이 정말 로흐샨이냐?"

이신이 물었다.

로흐샨은 고개를 조아렸다.

"물론입니다! 어찌 계약자님 앞에서 거짓을 고하겠습니까?"

"한자로 표기된 이름은 따로 없고?"

이신이 다시 물었다.

그러자 로흐샨은 어쩐 일인지 당황하는 기색이었다.

"왜 말을 못해!"

이존효가 버럭 호통 쳤다.

로흐샨은 그제야 눈치를 보며 조심스럽게 입을 열었다.

"한 가지 계약자님께 감히 여쭙고 싶은 게 있는데, 혹시 제 살아생전에 지었던 죄가 사도를 뽑는 데 영향이 있는 것인지요?"

"상관 안 한다."

이신은 고개를 저었다.

"어차피 지옥에서 소환된 죄인들 중 제대로 된 사람은 없으니까."

그 말에 사도들이 단체로 움찔했다.

로흐샨은 한숨을 쉬며 입을 열었다.

"로흐샨은 어린 시절의 이름입니다. 흔히 불렸던 이름은 안녹산입니다."

"뭐라고!"

이존효가 깜짝 놀라서 버럭 소리쳤다.

이신도 놀라기는 마찬가지.

'안녹산이라니.'

혹시나 싶어서 물어보았다.

"대연황제를 자칭한 그 안녹산이 맞나?"

"그렇습니다."

이신은 기가 찼다.

'난을 일으켜 당나라를 쇠퇴의 길로 가게 만든 그 안녹산이라니.'

안녹산은 당 현종이 양귀비에게 빠져 실정을 하던 때 난을 일으킨 장군이었다.

아첨을 매우 잘했던 안녹산은 현종과 양귀비의 총애를 받다가, 재상 양충국과 권력 다툼 끝에 난을 일으켜 연의 황제를 자칭했다.

'그러고 보니 안녹산이 궁술에 능해 스스로도 자랑을 많이 했다는 내용을 책에서 읽은 것 같군.'

어찌 되었건 안녹산이 4단계 테스트도 통과해 이신의 사도가 될 수 있을지는 지켜봐야 알 일이었다.

한편에서는 그런 안녹산을 노려보며 투지를 불태우는 로빈 후드도 있었으니 말이다.

*   *   *

"캬캬캬캬!"

한 석궁병이 그리핀을 타고 날고 있었다.

태우고 있는 그리핀이 불쌍해질 정도로 몸집이 비대했다.

하지만 다행히 그리핀은 멀쩡해 보였고, 석궁병은 비행 중에 석궁으로 헬하운드를 겨누었다.

쉭— 콰직!

"켁!"

볼트가 목에 적중!

거기에 석궁병은 볼트를 쏘자마자 멋지게 그리핀을 조종해 U턴
을 했다.

"캬캬! 이깟 일쯤이야!"

본색을 드러내어 낄낄거리는 저 석궁병의 이름은 바로 로흐샨.

역사에는 흔히 안녹산이라 기록된 인물이다.

당을 쇠락의 길로 빠뜨린 안사의 난의 장본인 안녹산!

소그드 출신으로 당나라에 입관.

무관으로 두각을 보였으며 6개 국어에 능통했다.

교활하고 잔인한 성품이었으나, 남의 눈치를 보고 아첨하는
데 능하여 출세를 거듭했다.

그의 아첨 능력이 어느 정도였냐 하면, 당 황제 현종의 신임은
물론 현종이 총애하는 양귀비의 양자가 되었을 정도였다.

하동절도사로 부임하면서 당나라 총병력의 3분의 1을 장악하
기에 이른다.

그런 안녹산을 경계한 재상 양충국은 그가 모반을 꾀하고 있
다고 현종에게 보고한다.

이에 반발한 안녹산은 정말로 모반을 일으켰다.

양충국을 응징한다는 명분으로 15만 병력으로 중원을 침공,
낙양을 점령하고 연나라 황제를 참칭했다.

그 뒤로는 오만 방탕하게 지내다가 당뇨병으로 실명하는 등 건강이 악화.

결국 아들 안경서에게 암살당했다.

안경서 또한 안녹산의 부하였던 사사명에게 배신당해 최후를 맞이했다.

'어쨌든 실력은 대단하군.'

아무 재주도 없이 출세하고 난을 일으켜 황제까지 되지는 못했을 터.

덩치에 비해 날렵했으며 승마와 궁술에 능했던 안녹산의 솜씨는 4단계 테스트에서도 유감없이 발휘됐다.

그리핀을 타는 것은 말보다 더 어려운 게 분명할 터.

그럼에도 안녹산은 아주 깔끔하게 이신이 생각했던 터닝 샷을 성공시켰다.

"다음!"

마르몽이 소리쳤다.

다음 차례는 자주 소환되어 활약했던 로빈 후드였다.

"간다!"

로빈 후드는 그리핀에 올라타고 날아올랐다.

서열전이든 모의전이든 궁병 중에는 늘 가장 먼저 소환되던 로빈 후드.

자신이 이신의 신임을 받고 있음을 알기 때문에 사도가 될 수 있는 이번 기회를 놓치고 싶지 않았다.

지금까지는 멋지게 통과했지만 이번 4단계가 관건이었다.

그리핀을 타고 정확한 사격을 하는 것은 무엇보다도 난이도가
높았다.

파아앗!

그리핀이 날렵하게 비행했다.

"일단 비행 속도는 안녹산과 비슷합니다."

이존효가 말했다.

서영이 고개를 끄덕이며 덧붙였다.

"로흐샨은 저 속도로 비행하면서 사격을 해냈지. 저 속도를 유
지하지 못하면 로흐샨에게 질 수밖에 없어."

이를 악물며 비행하는 로빈 후드.

타깃이 될 만한 헬하운드 1마리가 나타났다.

조준.

로빈 후드는 방아쇠를 당겼다.

쉬익—

날아가는 볼트.

그리고 로빈 후드는 급히 그리핀을 조종해 U턴을 했다.

콰직!

"커헝!"

로빈 후드의 등 뒤에서 헬하운드의 비명 소리가 들렸다.

하지만 콜럼버스는 혀를 차며 안타까워했다.

"명중률은 비슷했는데……."

"안녹산보다 턴이 깔끔하지 못했어."

마르몽이 말했다.

그랬다.

로흐샨은 U턴을 하면서 사격했다.

하지만 로빈 후드는 사격을 한 뒤에 U턴을 할 수밖에 없었다.

로빈 후드로서는 어쩔 수 없었다.

U턴을 하게 되면 조준이 흐트러지기 때문에 일단 일직선으로 비행할 때 사격을 해야 했던 것이다.

하지만 U턴이 늦어진 결과, 타깃에 2미터 가량이나 더 접근했다.

'저건 안 돼.'

이신은 냉정하게 고개를 저었다.

이신이 원했던 것은 아슬아슬한 사정거리에서 사격 후 U턴을 하는 것.

폭격기와 석궁병의 사거리 차이는 불과 한 걸음밖에 안 된다.

그 한 걸음의 차이를 활용해야 하는 컨트롤이었다.

'비행 훈련을 철저히 시켜야겠군.'

사도는 한 명밖에 뽑을 수 없지만, 이번에 3단계까지 통과한 석궁병들은 모두 이름과 얼굴을 기억해 둘 작정이었다.

그리핀에서 내린 로빈 후드의 표정은 몹시 좋지 않았다.

"다음!"

이준효가 소리쳤다.

다음 순서의 석궁병이 그리핀을 타고 출발했다.

테스트는 계속 이어졌다.

1차, 2차, 3차까지 계속 기회가 주어졌지만 로흐샨을 능가하는 실력자는 나오지 않았다.

로빈 후드는 2차 시도에 이어 3차까지 가면서 U턴 사격에 상당히 익숙해진 모습이었지만, 아쉽게도 로흐샨을 이기지는 못했다.

테스트가 끝나고 이신은 4단계 테스트를 봤던 석궁병들을 모두 집합시켰다.

"사도는 결정되었다."

로빈 후드를 포함한 석궁병들은 좌절감에 고개를 푹 숙였다.

사도는 명백한 1등인 로흐샨이었다.

이신은 그런 그들을 격려했다.

"하지만 이 자리까지 살아남은 너희를 모두 이름을 기억해 두고 항상 가장 먼저 소환하겠다."

그나마 석궁병들의 얼굴에 화색이 돌았다.

어쨌거나 자주 소환되어서 공적을 쌓을 기회를 얻는 것은 행운이었다.

"그리고 로흐샨."

"예, 주군!"

무릎 꿇고 고개를 조아리는 로흐샨.

"벌써부터 주군이라 부르네. 야, 저 친구 물건이다 정말."

콜럼버스가 낄낄거리며 박수를 쳤다.

"제가 알던 누군가가 떠오르는군요."

떨떠름한 표정이 된 서영이 거들었다. 서영이 잘 아는 누군가란 동탁을 뜻하는 것임이 틀림없었다.

'그러고 보니 그렇군.'

뒤룩뒤룩한 거구, 뛰어난 활 솜씨, 아부에 능한 간사한 성품에 나라를 어지럽힌 전적까지!

안녹산은 영락없는 동탁의 판박이였다.

"저 몸집으로 저렇게 날렵하다니. 대체 저 거대한 뱃속에 뭐가 들었는지 모르겠군."

이존효가 한마디 안 할 수가 없었다.

그러자 로흐샨은 천연덕스럽게 대꾸했다.

"이 뱃속에는 오직 주군을 향한 충심(忠心)만이 들어 있습니다."

그 말에 이신은 나직이 한숨을 쉬었다.

본인은 잘 모르는 모양이지만, 역사에는 기록되어 있다.

안녹산은 현종이 뱃살을 갖고 농을 건네자 저것과 똑같은 대답으로 환심을 샀다.

'그리고 난을 일으켰지.'

로흐샨은 이신의 표정이 좋지 않음을 알고 전전긍긍해졌다.

"호, 혹시 제가 무슨 실수라도?"

"아니, 됐다."

이신은 고개를 저었다. 어쨌거나 실력은 확실하니 사도로 기용하기로 했다.

후에 마음에 들지 않거나 더 뛰어난 사도감이 나타나면 갈아치우면 그만이었다.

"넌 이 자리에 있는 석궁병들의 이름과 얼굴을 전부 기억해라. 다 네가 이끌어야 할 부하들이니까."

"옛!"

힘차게 대답하는 로흐샨.

그리하여…….

[로흐샨을 사도로 임명하시겠습니까? 300마력이 소모됩니다.]

'하겠다.'

[로흐샨을 사도로 임명했습니다. '사도 명단'이라고 말씀하시면 자세한 내용을 확인하실 수 있습니다.]

'사도 명단.'
이신은 사도 명단에서 로흐샨의 내용을 확인했다.

[로흐샨(휴먼, 궁병)
무기: 없음.
방어구: 없음.
능력: 없음.]

'로흐샨에게 능력을 부여한다.'

[능력이 임의로 부여되며 1,000마력이 소모됩니다. 부여하시겠습니까?]

'한다.'

그리고 로흐샨에게 능력이 생겼다.

[능력: 사격(100%의 명중률로 사격합니다.)]

좋다고 할지 나쁘다고 할지 애매한 능력이었다.
무조건 명중되는 것이니 그리핀을 타고 사격할 때 좋을 것 같았다.
하지만 로흐샨은 원래 사격 솜씨가 훌륭하여서 차라리 다른 능력이 더 유용할 뻔했다.
'하급 악마로 만들어주면 능력이 더 발전하려나?'
마침 이신이 보유한 마력에 여유가 꽤 있었기 때문에 이참에 부여할 수 있는 걸 모두 해버리기로 했다.
이신은 로흐샨을 자신의 권속으로 만들고 1,000마력을 부여했다.

[권속의 계약이 성립되었습니다. 지금 이 순간부터 계약이 효력을 발휘합니다.]
[계약에 따라, 사도 로흐샨이 계약자 이신 님의 권속이 됩니다.]
[계약에 따라, 계약자 이신 님의 마력 1,000이 사도 로흐샨에게 전달됩니다.]
[사도 로흐샨이 하급 악마가 되었습니다.]

거기에 무기와 방어구까지 부여해 버렸다.
그 결과는 이러했다.

[로흐샨(휴먼, 궁병)
무기: 합성궁(공격력 +7%)
방어구: 용린갑(방어력 +5%)
능력: 유도 사격(가까운 아군 궁병·석궁병 5인과 동일한 타이밍에 동일한 지점을 적중시킵니다. 5초에 1회씩 사용 가능합니다.)]

하급 악마가 되면서 로흐샨의 능력이 개량되었다.
개량된 능력은 이신이 가장 필요했던 효과였다.
그렇게 로흐샨에게 투자한 마력은 총 2,900이었다.

[마력: 11,571/11,571]

여전히 중급 악마의 자격을 유지하고 있으므로 큰 소모가 아니었다.
'이제 본격적으로 훈련을 해보자.'
질 드 레와 모의전을 다시 치르면서, 이신은 로흐샨에게 터닝 샷 훈련을 시켰다.
로흐샨과 함께 4차 테스트에 남았던 석궁병들이 그리핀을 타고 비행했다.
로흐샨은 자신의 능력인 유도 사격을 십분 활용했다.

사격을 하면서 U턴!

6대의 볼트가 같은 지점에 적중되면서 헬하운드는 즉사하였다.

재사용 대기 시간인 5초 동안 로흐샨은 그리핀 편대와 함께 선회 비행을 하여서 다시 되돌아와 사격했다.

독포자꽃이 즉사했다.

이신이 원하던 그림이었다.

스텔스 전투기도 공대지 공격력은 그다지 강하지 않았다.

하지만 빠르고 스텔스 모드로 모습을 감출 수 있다는 장점이 있었고, 뭉쳐서 터닝 샷 컨트롤을 펼치면 타깃을 1마리씩 꼬박꼬박 사살할 수 있었다.

그렇게 야금야금 상대에게 대미지를 누적시키는 것이 이신의 견제 플레이였다.

물론 단점도 스텔스 전투기와 동일했다.

첫째, 일단 공격력이 약해서 꾸준히 공격을 넣어야 한다.

둘째, 그리핀 편대를 잃으면 체제 자체가 흔들리기 때문에, 절대 그리핀이 죽어서는 안 된다.

즉, 끊임없이 그리핀 편대에게 신경을 써야 하는 것이다.

터닝 샷 컨트롤은 로흐샨이 지휘하지만, 지시를 내리고 조종하는 것은 어디까지나 이신이다. 상대 측 폭격기의 접근을 알아차리고 후퇴시켜야 하는 것도 이신이고, 대공 방어가 허술한 빈틈을 찾아서 침투시켜야 하는 것도 이신이었다.

'어렵지 않다.'

멀티태스킹!

사상 최강의 멀티태스킹을 자랑하던 이신이었다.

만 25세에 접어든 지금도 톱클래스 수준.

진담 반 농담 반으로 뱀파이어 설까지 돌 정도이니 말 다한 셈이었다.

'얼마나 잘 대처할 수 있는지 봐주지, 발터 모델.'

일류 프로게이머들도 견디지 못하고 무너지고 마는 이신의 견제 플레이였다.

이번 상대는 2차 세계대전의 명장 발터 모델!

서열전에서 12위를 기록하고 있는 그는 과연 자신의 견제를 얼마나 견딜 수 있는지 기대되었다.

로흐샨의 능력과 함께 펼쳐지는 사격과 턴은 'U턴 샷'이라 명명되었다. 뿐만 아니라 로흐샨이 이끌고 로빈 후드도 소속되어 있는 그리핀 편대는 '로흐샨 편대'라 이름 지었다.

이신의 구상은 점점 완벽에 가까워지고 있었다.

'실망시켰다가는 아주 처참하게 무너뜨려주마.'

이신은 두 가지 얼굴로 웃었다. 잘 맞받아치는 강력한 적수를 보고 싶었고, 결국 무너져 버리는 상대의 모습을 보고 싶기도 했다.

이신은 그런 성격의 소유자였다. 그렇기에 아직까지도 최정상의 자리를 지키는 집념을 보일 수 있었다.

제9장

강철 I

　질 드 레와 콜럼버스가 번갈아가며 드워프로 이신의 모의전 상대가 되어주었다.

　일전에 프랜시스 드레이크와의 서열전에 대비하면서 드워프를 실컷 해봤기 때문에, 두 사람의 실력은 그럭저럭 연습은 될 만했다.

　특히 질 드 레는 사도 직책을 내려놓고서 더욱 의무감이 들었는지 갖가지 방식으로 이신을 긴장하게 만들어주었다.

　콜럼버스는 다른 것은 부족하나, 폭격기 편대를 잘 운용해 공중전 연습 상대로 제격이었다.

　'중요한 건 역시 공중전이지.'

　이신은 그리핀을 최대한 빨리 소환하는 빌드 오더를 만들었다.

그리핀 편대는 잠시도 쉬지 않고 끊임없이 이곳저곳 움직이며 야금야금 피해를 줬다.

일하던 드워프 광부를 처치하기도 하고, 드워프 총수도 U턴 샷으로 한 방에 사살하기도 했다.

쉬쉬쉭!

"크윽!"

드워프 총수는 총 한 번 쏴보기도 전에 즉사하고 말았다.

석궁병과 드워프 총수의 사정거리는 동일했다.

하지만 그리핀 편대가 먼저 순발력 있게 쏘고 빠져 버리니 반격할 타이밍을 잃고 허무하게 죽어버리는 것이었다.

그것이 U턴 샷의 요체였다.

'계속 움직여. 5초에 1명씩 꾸준히 죽여 나간다.'

"옛, 주군!"

로흐샨은 신이 나서 대답했다.

마치 말 타고 활 쏘는 데 능했던 북방 유목민족들이 중국을 일방적으로 약탈하고 괴롭혔던 것과 같았다.

드워프들은 기본적으로 걸음걸이가 느리니 그것보다 훨씬 기동성에서 압도적이었다.

단 1초도 쉬지 않고 움직이며 부지런히 피해를 입히니, 그 대미지는 야금야금 누적될 수밖에 없었다.

그러면서 그리핀 편대의 숫자도 차츰 늘어났다.

숫자가 늘수록 U턴 샷의 파괴력도 더 세졌다.

물론 로흐샨의 유도 사격 능력은 5인까지밖에 포함되지 않는 단점이 있었다.

하지만 다른 석궁병들도 U턴 샷 훈련을 꾸준히 했기 때문에 그럭저럭 훌륭한 위력이 나왔다.

석궁병을 2명씩 태운 그리핀들이 줄지어 U턴을 하는 광경은 아름답기까지 했다.

그러면서 볼트도 줄줄이 쏘아져서 타깃을 단번에 사살!

끊임없이 피해를 입혀서 상대의 성장을 억제하는 한편, 이신 자신은 운영으로 테크 트리를 올리고 병력을 모았다.

그 같은 이신의 전략에 질 드 레와 콜럼버스는 당해내지 못했다.

"그리핀 편대를 당해낼 수가 없었습니다."

"다리 짧은 드워프 총수들도 폭격기도 죄다 느려 터져서 속이 뒤집어지는 줄 알았습죠!"

질 드 레와 콜럼버스가 한마디씩 했다.

"다른 의견은 없나?"

이신이 묻자 생각이 없는 콜럼버스는 꿀 먹은 벙어리가 되었지만, 질 드 레는 여러 가지 의견을 냈다.

"테크 트리에 집중하셔서 그리핀을 빨리 소환하는 체제를 쓰셨는데, 그동안 초반의 디펜스에 문제가 있지 않을지 우려됩니다."

"디펜스를 느슨히 하고 테크 트리에 집중한 건 드워프의 이동 속도를 고려했을 때 공격 오더라도 그때 가서 대비할 수 있다고 판단해서다."

"하지만 3 대 3의 상황에서는 변수가 더 많기 때문에 위험할 것 같습니다."

"그건 일리 있는 말이야."

이신은 고개를 끄덕이며 수긍했다.

"그리고 또 하나는 폭격기를 쓰지 않았을 때입니다."

"폭격기를 배제하고 초반부터 곧장 지상군으로 공세를 펼 수도 있다는 뜻이군."

"예, 한 번 주군의 그리핀 편대에게 시달리고 나면 그런 생각도 하게 될 겁니다. 공중에서 대결하고 싶지 않을 테니까요."

결국 카이저와 공중전은 하지 말라는 e스포츠의 격언이 계약자들 사이에서도 생긴다는 것!

이신은 그 의견 또한 일리가 있다고 여겼다.

드워프는 기본적으로 체력이 우수해서 그리핀 편대로 견제를 넣어도, 대공 방어만 신경 쓰면 잘 버틸 수 있다.

'그때는 나도 인류 대 인류전처럼 일단은 지상군에 신경 썼다가 중반이 되었을 때 판을 흔들 카드로 그리핀 편대를 쓰는 방법이 있지.'

그런데 그때, 사도가 된 로흐샨이 조심스럽게 대화에 끼어들었다.

"저도 의견을 좀 드려도 될까요?"

"얼마든지."

U턴 샷을 지휘하는 로흐샨이니 그의 의견도 중요했다.

"그리핀 편대를 기민하게 다루시는 것을 보고 감탄을 거듭했는데, 한 가지 주군께서 독특한 강박을 갖고 계시는 것 같습니다."

"강박?"

"아슬아슬하게 걸친 사정거리를 반드시 지킨다는 강박입니다."

"그리핀을 절대 잃어서는 안 되는 체제니까."

"예, 대체로 저도 이에 십분 공감합니다만, 사정거리에 신경 쓰지 않아도 되는 상황도 있습니다."

"예를 들면?"

"우리가 상대 측 폭격기의 뒤를 잡았을 때입니다."

그 말에 이신은 비로소 로흐샨이 무슨 말을 하고 싶었는지 깨달았다.

"놈들이 방향 전환을 하는 데 시간이 꽤 걸립니다. 뒤를 잡았으면 보다 적극적으로 공격하고 빠져도 충분하다고 봅니다. 기동성에서 우리가 우위에 있으니 뒤를 잡는 상황을 더 많이 만들 수도 있고 말이지요."

"그 말이 옳다. 내가 그걸 미처 생각지 못했군."

이신은 순순히 로흐샨의 지적을 인정했다.

그것은 이신이 프로게이머이기 때문에 생긴 편견이었다.

바로 방향전환!

게임인 스페이스 크래프트에서는 방향 전환이 순식간에 이루어진다.

하지만 서열전은 게임이 아닌 현실.

방향 전환에 더 시간이 소모되며, 그동안 더 큰 피해를 입힐 수 있는 찬스가 된다.

전투기들 간의 실제 공중전에서도 상대에게 뒤를 잡히는 건 매우 위험한 일 아닌가.

"그리고 언덕 아래에 착륙해서 매복한다던지, 더 많은 전술을 시도해도 괜찮지 않겠습니까?"

"그것도 맞는 말이군."

비행 유닛이 언덕 아래에 숨는다는 것도 게임 중심적인 사고 방식을 했던 이신이 떠올리지 못한 발상.

"잘 말해주었다."

이신은 날카로운 지적을 한 로흐샨을 칭찬했다.

로흐샨은 칭찬을 받자 기분이 몹시 좋아졌다.

이래나 저래나 지금은 사도이며 권속까지 되었으니 로흐샨의 충성심을 의심할 필요는 없어 보였다.

이신은 사도들에게 말했다.

"지금 나온 의견들을 모두 반영하여서 다시 모의전을 해보 자."

"옛!"

그리고 다시 모의전이 펼쳐졌다.

*   *   *

이신은 열심히 연습했던 그리핀 편대의 전투 능력을 나폴레옹 과 오자서에게 선보였다.

모의전 연습 상대는 나폴레옹의 사도 중 한 사람인 니콜라 우디노.

전 유럽에 용맹을 떨친 원수(元帥)였던 니콜라 우디노가 나폴레옹의 사도들 중에서 드워프를 맡고 있다고 했다.

"내 사도들은 다들 하나씩 잘 다루는 종족이 있지. 서열전에 대비하여 모의전을 하기가 좋도록 말이다."

"축제에서 가장 활약을 한 분의 실력을 보고 싶군요."

니콜라 우디노는 이신을 보며 눈을 빛냈다. 투지로 타오르는 표정이었다.

하지만 이신은 니콜라 우디노의 취향에 맞는 화끈한 싸움을 보여주지 않았다.

철저하게 치사하고 약삭빠른 공격 방식!

끊임없이 교란을 펼치며 야금야금 대미지를 누적시키는 그리핀 편대의 활약은 빛이 났다.

여기저기 공격을 받자 정신이 없던 니콜라 우디노는 모든 군세를 이끌고 총공세를 펼쳤다.

e스포츠에서 쓰이는 용어로 '발끈 러시'였다.

하지만 그리핀 편대가 후방에서부터 덮쳐서 폭격기의 숫자를 크게 줄였다.

대포+드워프+폭격기로 구성된 니콜라 우디노의 조합 비율이 깨져 버린 것이다.

드워프 도끼병은 파워풀한 근접전 전투력을 자랑했지만, 지대공 공격은 불가능했다.

대포도 마찬가지.

이신의 그리핀 편대가 일거에 덮치자 폭격기들이 모두 당해 버렸고, 그러자 나머지 대포와 드워프 도끼병은 속수무책이었다.

그럼에도 후퇴보다는 돌격을 택한 니콜라 우디노.

그리핀 편대에게 맞아가면서 싸우는 판단을 내린 것이었다. 그 전에 방어선을 뚫고 이신을 끝장내면 되니까.

하지만 이신은 니콜라 우디노의 폭격기가 전멸한 순간, 방어선에 심시티를 마구 지어서 디펜스를 강화한 뒤였다.

계속 버텨가면서 그리핀 편대로 공격하니, 니콜라 우디노의 병력은 결국 방어선을 뚫지 못하고 전멸당했다.

"제길! 정말 바보 같이 당해 버렸습니다!"

모의전을 마친 니콜라 우디노는 분통을 터뜨렸다.

이신의 스텔스 전투기에게 시달렸던 프로게이머들도 대개 반응이 저랬다.

"그러게 도끼병보다 총수를 택했으면 나았을 게 아니냐."

나폴레옹이 핀잔을 주었으나 니콜라 우디노는 고개를 저었다.

"드워프 총수 따위로 어느 세월에 방어선을 돌파합니까? 그건 제 철학에 맞지 않습니다!"

"자네에게도 철학이 있다니, 그동안 세월이 많이 변하긴 했군."

농담을 건네는 나폴레옹.

니콜라 우디노는 씩씩거리며 이신에게 한 판 더 하자고 제의했다.

이신은 쾌히 받아들였다.

그렇게 모의전을 두 차례나 더 했지만 모두 이신의 완승이었다.

이신의 전략은 두 가지였다.

첫째, 초반부터 빠르게 테크 트리를 올려서 그리핀을 소환해 일찍부터 견제를 펼치는 전략.

둘째, 평범하게 지상군 위주로 운영하다가, 디펜스 라인이 갖춰지면 그리핀 편대를 소환해 적을 흔드는 전략.

3번을 내리 지자 니콜라 우디노는 고개를 절레절레 내저었다.

"더 했다가는 제가 혈압 때문에 죽을 것 같습니다. 완패로군요."

"재미있었습니다."

이신은 예의상 그렇게 말했다.

하지만 니콜라 우디노는 그 말에 오히려 발끈하는 게 아닌가.

"재미있으셨겠지! 그렇게 그리핀 편대로 날 약 올렸으니까! 제발 부탁인데, 1천 마력 줄 테니 한 대만 때리면 안 되겠습니까?"

"안 됩니다."

잘라 말하는 이신.

나폴레옹은 그저 폭소를 터뜨리며 즐거워할 뿐이었다.

어쨌든 드워프를 상대로 한 이신의 그리핀 전략은 효과가 있음이 증명되었다.

"그리핀을 저렇게 쓸 줄은 몰랐네. 자네가 말했던 한 보폭의 사정거리 차이란 이걸 염두에 두고 노렸던 게로군?"

"그렇습니다."

오자서가 감탄을 했다.

나폴레옹도 감탄하기는 마찬가지.

"다른 종족을 상대로도 쓸 수 있는 전술일 것 같군. 아무튼 그대의 그리핀 전술을 주요 전략 수단으로 채택하겠다."

나폴레옹의 말이 이어졌다.

"니콜라 우디노가 당했던 것처럼, 폭격기 조합만 깨뜨리고 제공권을 쥐고 나면 주도권은 우리에게로 넘어오는 셈이니까."

제공권을 장악하면 계속 그리핀 편대가 활개 치며 상대를 괴롭힐 수도 있고, 열기구를 활용해서 마법사나 드롭 작전을 쓸 수도 있었다.

또한 장점이 한 가지 더 있었는데, 그건 바로 정찰이었다.

그리핀 편대가 끊임없이 드나들며 상대 측의 진영 내부를 확인할 수 있다는 점이었다.

그렇게 사흘이 시간이 흘렀고, 마침내 결전 당일이 되었다.

72악마군주의 축제!

제13전장 그레이어스에 악마군주들과 계약자들이 여섯씩 모였다.

"드디어 나폴레옹 보나파르트와 실력을 겨뤄보는군요."

2차 세계대전의 명장 발터 모델이 다가와 악수를 청했다.

나폴레옹은 기꺼이 손을 맞잡아 악수하며 화답했다.

"이야기는 많이 들었네. 살아생전에 미친놈을 상관으로 만나 고생 꽤나 했다지?"

미친놈이란 히틀러를 뜻했다.

"아직도 지옥에서 뒹굴고 있는 미치광이죠."

발터 모델이 씁쓸히 말했다.

한편, 이신은 발터 모델을 위시한 상대 측의 계약자들을 살펴보았다.

프랜시스 드레이크가 보였고, 또 한 명의 계약자가 보였다.

그런데 그 계약자의 얼굴이 낯이 익었다.

'……!'

이신은 놀라움을 느꼈다.

콧수염을 가진 위엄 넘치는 노익장.

책에서 사전으로 꽤나 많이 본 얼굴이었다.

발터 모델은 활약에 비해 대중에게 잘 안 알려졌으나, 저 노익장은 이름만 들어도 누구나 안다.

'저 사람도 계약자로 있었다니!'

나폴레옹과 함께 19세기의 유럽 역사를 주도했다고 평가되는 그런 희대의 거물이었다.

이신은 노인을 바라보았다.

노인도 이신을 보았다. 여유 있게 살짝 고개를 끄덕이며 무언의 인사를 보낸다.

이신도 고개를 숙여 보였다.

상상도 하지 못했다.

물론 계약자들이 모두 군인 출신들만 있는 건 아니었지만, 설마하니 저 사람을 여기서 볼 줄은 몰랐던 것이다.

'비스마르크라니……'

오토 폰 비스마르크.

발터 모델 팀의 남은 하나의 계약자는 그 유명한 철혈 재상 비스마르크였다.

190㎝의 장신에 덥수룩한 콧수염이 인상적인 그가 이신의 눈앞에 있는 것이었다.

비스마르크는 이신과 눈을 마주치자, 다가와서 가볍게 인사를 해왔다.

"반갑네."

"처음 뵙겠습니다."

"하하, 물론 처음 보겠지. 자네는 아직 살아 있다지? 혹시 날 알고 있나, 동양인 친구?"

"모르는 사람이 없습니다."

이신은 솔직하게 대답했다.

당연한 일이었지만, 역사에 전혀 관심이 없는 사람도 웬만해서는 비스마르크를 안다.

다만 그저 철혈 재상이라는 별명 정도?

철혈(鐵血)이라는 표현 자체를 탄생시킨 장본인인 탓에, 보통은 과격한 전쟁론자라고 착각하기 쉬웠다.

하지만 이신은 역사에 관심을 많이 두고 공부한 탓에 비스마르크가 어떤 인물이고 어떤 부분에서 역량이 있는 사람이었는지 잘 안다.

비스마르크는 외교의 달인이었다.

외교 하나로 18세기의 세계정세를 컨트롤했다고 해도 과언이 아니었다.

비스마르크가 꾀한 전쟁은 부국강병의 일환이었으며, 독일 통일 이후에는 외교로서 유럽을 컨트롤해 전쟁을 억제했다.

오죽했으면 그때의 유럽 정세를 '비스마르크 체제'라고 표현했을까.

마치 평화주의자로 돌변한 듯한 태도였는데, 정확히 표현하자면 평화주의자가 아니라 보수적 현실주의자였다.

더 이상의 전쟁과 확장은 독일에게 해가 된다고 판단했던 것이다.

현재 비스마르크의 악마군주인 보티스의 서열은 17위.

비스마르크는 어디까지나 정치가이지 전쟁에 능한 군인이 아니었으나, 17위라는 서열을 유지하고 있는 걸로 보면 계약자로서도 실력이 떨어지지 않는다는 뜻이었다.

"그거 참 기쁜 이야기군. 그렇다면 자네는 어떤 사람인가?"

"군인입니다."

이신은 굳이 프로게이머에 대해 설명하고 싶지 않아서 대충 대답했다.

"악마군주가 아무 군인이나 계약자로 데려오지는 않았을 테고. 자네의 엄청난 상승세를 보면 현실 세계에서도 굉장히 명성을 떨치고 있는 게 분명한데……"

비스마르크가 계속 말했다.

"아직도 세계는 자네처럼 명성을 떨치는 군인이 탄생할 정도로 정세가 어지러운 겐가?"

"여전히 복잡하고 어지럽습니다. 세계대전처럼 굵직한 전쟁은 없는 편이지만요."

세계대전이 언급되자 비스마르크의 미간이 찌푸려졌다.

"난 빌헬름 그놈이 결국 일을 저지를 줄 알았지."

그가 말한 빌헬름이란 독일 제국의 3번째 황제인 빌헬름 2세를 뜻했다.

간략히 설명하자면 빌헬름 2세는 안정된 체제 속에서 균형자 역할을 통해 실리를 챙기던 비스마르크와 반대로 보다 적극적인 팽창을 꾀했다.

그렇게 주전론을 펼친 결과, 결국은 1차 세계대전에 대한 책임을 지고서 퇴위당했다.

"안녕하시오."

오자서가 대화에 끼었다. 그 또한 비스마르크에게 흥미가 생긴 모양이었다.

"반갑소, 오자서."

비스마르크도 고개를 끄덕이며 인사에 화답했다.

오자서는 이신에게 물었다.

"자네가 이분에 대해 설명해 주게."

"유럽의 관중 같은 사람이라 보시면 됩니다."

"호오, 그런가?"

오자서가 관중이라는 전설적인 명재상의 이름을 모를 리 없었다.

제환공을 춘추시대의 첫 번째 패자로 만든 관중.

관중은 제나라의 부국강병을 이루고, 9차례의 회맹(會盟)을 통해 제환공을 중원 제후들의 우두머리로 만들면서, 남쪽으로 세력을 떨치던 초나라를 억눌렀다.

통일 독일 제국을 이룩하고, 러시아, 오스트리아와 손잡는 외교 노선으로 프랑스를 고립시킨 비스마르크의 업적도 이와 비슷하다 할 수 있다고 생각한 탓에 이신은 대충 그렇게 설명을 끝내 버렸다.

"자, 잡담들은 이제 끝났나?"

나폴레옹이 손뼉을 치며 분위기를 환기시켰다.

"그럼 전장에서 보세."

비스마르크는 두 사람과 작별하고 등을 돌렸다.

―슬슬 시작하도록 하지.

악마군주 아가레스의 선언에, 비로소 서열전이 시작되었다.

[72악마군주의 축제를 시작합니다.]

[악마군주 아가레스, 그레모리, 안드로말리우스 님 대 악마군주 할파스, 보티스, 오로바스 님의 서열전입니다.]

[서열전은 총 3회의 싸움으로 진행되며, 2승을 먼저 거둔 쪽이 승리합니다.]

[패자는 72악마군주의 축제에서 탈락합니다.]

[종족을 선택해 주십시오.]

"휴먼."

모두들 종족을 선택한 가운데, 이신 역시 종족을 골랐다.

[서열전이 시작됩니다.]

시작과 동시에 이신은 재빨리 노예 4명에게 일을 시키고 새로운 노예를 소환했다. 단 1초의 손해도 싫어하는 이신의 성향이었다.

그러고 나서 서로의 위치를 확인해 보았다.

이신은 6시.

나폴레옹은 5시.

오자서는 홀로 멀리 떨어져 있는 12시였다.

'정찰을 서둘러야겠군. 아무래도 오운이 혼자 적들 사이에 끼어 있을 가능성이 높아.'

나폴레옹이 우려를 표했다.

나폴레옹의 의견에 따라 그들은 빠르게 정찰을 실행했다.

우려대로였다.

9시와 11시, 3시에 적의 위치가 있었다.

상대 측이 아예 뿔뿔이 흩어져 있다면 할 만할 텐데, 오자서의 좌측에 11시와 9시의 두 드워프가 함께 연대해 세력을 신장시킬 수 있는 형태였다.

물론 적 또한 3시에 홀로 동떨어진 드워프 진영이 있으니 상황은 비슷했다.

'교환책이 어떻소?'

문득 오자서가 제안했다.

'교환책?'

'선수 쳐서 3시를 일찍 없애는 거요. 그럼 저들은 맞대응으로 나를 칠 텐데, 서두른다면 다른 지역에 대피해 간신히 살아남을 수도 있지 않겠소?'

오자서는 과감한 맞교환을 제안했다.

총공격으로 3시를 일찍 없애고, 이쪽은 오자서를 어떻게든 구해낸다.

셋이 합쳐 일찌감치 공세를 펴면 3시를 없애는 건 어렵지 않았다.

그럼 적들도 가만히 있을 수는 없다.

이동 속도가 느린 탓에 3시를 구원하지는 못할 테고, 대신 가까이에 있는 오자서에게 보복할 터.

그때 오자서가 어떻게든 도망쳐서 다른 지역에 마법진을 짓는 데 성공한다면, 어쨌든 3 대 2의 상황이 되니 유리해진다.

설령 실패하여 오자서가 망하더라도, 2 대 2이니 본전인 셈이었다.

'좋네, 시도해 볼 만하겠어.'

나폴레옹이 동의했다.

적극적이고 과감한 나폴레옹의 성향에 딱 들어맞는 작전이었다.

그렇게 작전이 정해지자, 이신은 과감히 앞으로 나와 앞마당 입구 부근에 병영을 지었다.

나폴레옹 또한 동일한 위치에 병영을 지어, 결과적으로 두 사람의 병영이 길목을 지키는 심시티가 되었다.

오자서 또한 헬하운드를 빠르게 소환했다.

'가지.'

궁병이 이제 막 2명 소환되었을 때였다.

나폴레옹의 명령에 일제히 3시를 향해 출진했다.

합쳐서 헬하운드 6마리와 궁병 4명이었다.

3시에 들이닥쳤을 때, 드워프 총수는 2명밖에 없었다. 그나마도 굉장히 서둘러서 마련한 병력이리라.

'이 녀석이 발터 모델이라면 좋을 텐데 말이야.'

나폴레옹이 중얼거렸다.

상대 측의 리더인 발터 모델을 일찍 끝내 버린다면 상당한 전과가 된다.

'내가 먼저 가겠소.'

오자서의 헬하운드들이 앞장서서 돌격했다.

그때, 콜럼버스가 바짝 뒤따랐다.

3시의 드워프는 드워프 광부들을 일제히 동원하여서 드워프 총수 2명을 보호하는 진형을 꾸렸다.

그때, 콜럼버스가 과감히 접근하여서 2명의 드워프 총수에게 마비침을 쏘았다.

풋! 퓨웃!

일시적으로 움직임이 멈춰진 드워프 총수들!

그사이에 헬하운드들이 앞길을 막는 드워프 광부들을 집중적으로 살해했다.

콜럼버스는 계속해서 마비침을 쏴서 드워프 총수 2명을 다시 한 번 마비시켰다.

1초밖에 지속되지 않는 마비침이었지만 이런 긴박한 상황에서는 효과가 매우 뛰어났다.

그사이에 접근한 궁병들이 드워프 총수 1명을 집중사격했다.

쉬쉬쉭—

"크윽! 이것들이……!"

집중적으로 화살에 맞은 드워프 총수는 비틀거리면서도 총을 겨누는 엄청난 체력을 보였다.

하지만,

"크르릉!"

콰직!

드워프 광부들의 블로킹을 뚫고 접근한 헬하운드가 목숨 줄을 끊어버렸다.

'콜럼버스, 마비침 1발은 아껴두고 그만 거기서 빠져나와.'

이신이 명령했다.

"옛!"

콜럼버스는 전투가 벌어지는 3시에서 빠져나왔다.

어차피 3시는 금방 끝낼 수 있다. 콜럼버스에게는 시킬 일이 따로 있었다.

신속한 총공세로 3시는 신속하게 정리되었다.

[악마군주 보티스 님의 계약자 오토 폰 비스마르크 님의 진영이 전멸했습니다.]

3시의 드워프는 아쉽게도 발터 모델이 아닌 비스마르크였다.

'좋아! 바로 12시로 간다!'

나폴레옹이 신속하게 오더를 다시 내렸다.

3시가 전멸하는 동안, 상대 측도 가만히 있지는 않았다.

9시와 11시의 드워프가 12시에 있는 오자서를 친 것이다.

드워프 총수 4명.

거기다가 드워프 광부까지 4명이나 포함되어 있었다.

마력을 채집해 주는 소중한 드워프 광부까지 과감하게 투입하는 결단!

이는 발터 모델의 판단임이 분명했다.

신속하게 12시를 처리하지 못하면 훨씬 더 큰 손해를 당한다는 판단력이었다.

'나라도 그렇게 했겠지.'

이신은 발터 모델의 판단에 동의했다.

오자서는 공격을 받기 전에 미리 클로 1마리를 빼둔 상황.

클로 1마리는 3시로 향했다.

아군과 인접해 있는 3시에 마법진을 지어서 새롭게 진영을 꾸리는 게 안전하다는 판단이었다.

그런데…….

"어딜 쥐새끼처럼 도망가!"

타앙!

울려 퍼지는 총성.

도망치던 클로가 1발 맞고 비틀거렸다.

드워프 총수 1명이 어떻게 알았는지 추격해 온 것이다.

드워프 총수의 느린 걸음을 감안하면, 클로 1마리가 빠져나갈 것을 미리 예상하고 공격과 동시에 추격을 개시했다는 뜻이었다.

'저건 프랜시스 드레이크입니다.'

이신이 말했다.

'저 드워프 총수가?'

'예, 그의 고유 능력은 추적입니다. 추적 능력으로 빠져나간 클로를 미리 쫓은 게 분명합니다.'

프랜시스 드레이크와 서열전을 치렀던 경험이 있는 이신은 상황을 다 알고 있었다.

'저 클로를 구해줘야 하는데.'

나폴레옹이 말했다.

12시는 이미 공격을 받고 있는 터라 살아 있는 클로가 없었다.

오자서는 헬하운드 6마리를 소환한 이후로 마력을 아껴둔 터라, 300마력을 이미 확보했다.

새 지역에 마법진을 짓기만 하면 전멸을 면할 수 있는 것이다.

하지만 저 클로가 죽으면 모두 물거품이었다.

'클로 1마리를 빼돌릴 것은 미리 파악하고 움직였다니, 발터 모델이라는 자의 통찰이 대단하구려.'

오자서는 전멸 직전의 위기에도 감탄을 금치 못했다.

프랜시스 드레이크가 빙의된 드워프 총수는 재장전 된 소총으로 다시 클로를 겨누었다.

이제 1발만 더 맞으면 클로는 죽는다.

바로 그때였다.

[계약자 이신의 사도 하급 악마 콜럼버스가 능력 블링크를 사

용합니다.]

[10미터 범위 내에서 순간이동을 합니다.]

풋!

삽시간에 벌어진 일이었다.

다급한 나머지 블링크를 써서 접근한 콜럼버스가 마비침으로 드워프 총수를 제지했다.

"큭! 저놈은 콜럼버스?!"

한 번 이신에게 당해본 적이 있기 때문에 프랜시스 드레이크는 콜럼버스를 바로 알아보았다.

"잘 있어라, 후배!"

콜럼버스는 꽁지 빠져라 달아나기 시작했다.

클로도 무사히 달아나 마중 나온 헬하운드들과 합류했다.

"크악! 제기랄!"

분통을 터뜨리는 프랜시스 드레이크.

'덕분에 살았네.'

'설마 미리 알고서 콜럼버스를 그쪽에 보낸 것인가?'

'예.'

나폴레옹의 감탄 섞인 물음에 이신은 간략하게 대답했다.

그랬다.

발터 모델만이 아니었다.

이신 역시 이러한 상황을 예측하고서 미리 콜럼버스를 보낸 것!

마비침 총 5발 중 1발을 아껴놓은 것도 이 상황을 위한 것!

오자서는 12시 본진의 모든 건물이 파괴당하기 직전, 간신히 3시에 마법진 건설을 시작했다.

이제 상황은 3 대 2였다.

오자서가 무사히 회생한다면 시간은 나폴레옹 측의 편이었다.

기습적인 총공세로 3시에서 시작했던 비스마르크가 뭔가 해 보기도 전에 전멸당한 상황.

반면 오자서는 상대 측 두 사람의 반격에 12시 본진을 잃어버렸으나, 간신히 살아남아 3시에 마법진을 건설하기 시작했다.

3시는 본래 비스마르크가 시작했던 본진이었지만, 워낙 초반에 끝장난 덕분에 아직 마력석이 많이 매장되어 있었다.

'마법진을 건설하고 다시 클로부터 소환하면서 건물을 다 지으려면 시간이 필요하오. 내가 적이라면 그때까지 시간을 줄 것 같지 않소만.'

오자서가 말했다.

살긴 했지만 모든 걸 잃었기 때문에 다시 헬하운드의 제단부터 건물을 지어야 하는 오자서.

헬하운드 4마리가 남아 있지만, 그다지 큰 전력은 아니었다.

사실상 2 대 2나 다름없는 상황.

시간이 주어져서 오자서가 회생한다면 3 대 2가 되니, 상대의 입장에서는 그럴 시간을 주지 않고 서둘러 승부수를 던지는 편이 유리하다는 뜻이었다.

그래야 그나마 2 대 2로 싸울 수 있으니 말이다.

'내가 발터 모델이라도 그러겠지. 하지만 우리가 그걸 예상하고 있고, 우리가 예상하고 있다는 걸 저들도 짐작하고 있지.'

나폴레옹의 말에는 다소 여유가 있었다.

어쨌거나 오자서가 제안한 이른바 '교환책'이 성공에 거둔 덕에 3 대 2.

시간은 그들의 편이었다.

그것만으로도 심리적인 측면에서 상당히 유리해진다.

무언가를 시도해야 하는 쪽은 상대이니 말이다.

'이신 그대는 어떻게 생각하나?'

나폴레옹이 이신에게 의견을 물었다.

이신의 공이 매우 컸기 때문에 결정을 하기에 앞서 따로 생각이 있나 물어본 것이다.

이신이 말했다.

'적은 오자서 님이 회생하기 전에 공세를 펼쳐올 겁니다.'

'그렇겠지.'

'그럼 병력 구성은 드워프 총수, 드워프 도끼병, 대포의 조합이겠죠.'

이신이 계속 말했다.

'그렇다면 우리도 지상군에 집중해서 그 공세를 맞받아치면 그만입니다. 되도록 우리가 준비했던 그리핀 전략은 노출하지 않아도 될 것 같습니다.'

'일리가 있소.'

오자서도 동의했다.

나폴레옹은 잠시 생각하는 듯싶더니 이내 결정을 내렸다.

'좋아. 오자서는 회생에 힘쓰면서 남아 있는 헬하운드로 정찰을. 이신과 난 지상군을 모으는 데 몰두한다. 난 투석기를 제작할 테니 이신 그대는 마법사를 마련하라. 저들은 폭격기를 소환할 여유가 없으니 열기구에 마법사를 태워서 활용하기에 충분할 거야.'

'알겠습니다.'

그렇게 그들은 착착 준비가 되어갔다.

클로를 처음부터 다시 소환하며 회생을 시작한 오자서는 자신이 할 수 있는 유일한 역할, 즉 정찰을 활발히 했다.

발터 모델과 프랜시스 드레이크는 9시와 11시 지역을 연결하는 세 갈래의 길목에 자리 잡고 방어선을 펼치고 있는 형국이었다.

드워프 총수가 모여 있는 게 보였지만, 아직 드워프 도끼병은 보이지 않았다.

'드워프 도끼병이 안 보이는구려. 도끼병을 모으는 모습을 보이지 않겠다는 건가?'

오자서가 의문을 표했다.

나폴레옹은 대수롭지 않다는 듯이 답했다.

'드워프 도끼병은 돌격에 최적화된 병과지. 드워프 도끼병을 보여주면 곧 승부수를 걸어올 거라는 걸 상대에게 예고하는 꼴인데 군이 노출하고 싶지 않겠지. 이렇게 뻔한 상황이라도 말이지.'

이에 이신은 곰곰이 생각해 보았다.

심리전이었다.

발터 모델은 오자서가 회생하기 전에 결전을 치러야 한다는 걸 알고 있다.

하지만 그걸 상대도 알고 대비하고 있다는 것 역시 발터 모델은 알 것이다.

그럼 상대가 뻔히 알고 대비하고 있는 상황에서 공격을 감행하는 게 지휘관으로서 과연 쉬운 결정일까?

어쩌면 금방 결전에 나설 것처럼 페인트를 준 뒤에 장기전 전략을 짤 지도 모른다.

하지만 장기전이 되면 오자서가 살아나는 건 불문가지.

때문에 나폴레옹은 복잡하게 생각할 것 없이 확고한 결단을 내린 것이다. 갈팡질팡해봐야 의미 없으니 말이다.

이신은 그래도 한 가지 걸리는 게 있어서 오자서에게 말했다.

'정찰을 계속해서 적의 병력 규모를 체크해 주십시오.'

'병력 규모 말인가?'

'예, 정확히는 적이 우리에게 보여주는 병력 규모입니다.'

'음, 알겠네.'

발터 모델이 심리전을 쓰려고 하니, 이신 역시 그의 심리를 읽기 위하여 모든 단서를 수집하기로 했다.

결전을 치를 준비가 이루어졌다.

이신과 나폴레옹의 병영 병력이 중앙 지역에 집결.

나폴레옹의 투석기도 중앙에 전진 배치되었다.

이신은 마탑에서 마법사 4명이 나왔을 때, 열기구 제작이 완료되는 칼 같은 운영 능력을 뽐냈다.

마법사들은 열기구에 태워놓고 중앙에서 약간 아래쪽 지역에 숨겨놓았다.

꾸준히 회생에 힘쓴 오자서는 이제 헬하운드의 제단까지 완료했다.

물론 이제 와서 아무런 업그레이드도 안 된 헬하운드는 별로 도움이 되지 않았다.

때문에 오자서는 헬하운드를 소환하지 않고 테크 트리를 올리는 데 보다 집중했다. 아무래도 마룡을 소환할 생각인 듯했다.

그때였다.

'드디어 움직이는군.'

발터 모델과 프랜시스 드레이크의 군대가 움직이고 있었다.

예상대로 드워프 총수와 드워프 도끼병과 대포가 조합된 구성이었다.

'적의 후방에 헬하운드를 좀 던져주십시오.'

이신이 주문했다.

'알겠네.'

오자서는 요청대로 헬하운드 2마리를 우회시켜서 진출하는 적 병력의 후방으로 달렸다.

곧장 드워프 총수들의 사격을 받고 사살당했지만, 적의 병력 규모가 어느 정도인지는 파악할 수 있었다.

이신의 두뇌가 빠르게 회전했다.

'계산이 안 맞습니다.'

'나도 그런 느낌이 들었다.'

나폴레옹이 동의했다.

승부수를 띄우기 위해 모은 것치고는 병력 규모가 그리 크지 않았다.

계산에 능한 프로게이머인 이신이나 서열전에 잔뼈가 굵은 나폴레옹은 지금쯤 나와야 하는 상대 측의 병력 규모를 어느 정도 짐작할 수 있었다.

병력 규모는 그 짐작에 맞지 않았다.

적이 무언가 따로 준비한 게 있다는 뜻이었다.

그게 뭘까?

병력이 비는 만큼의 마력을 다른 곳에 썼다.

어디에 썼을까?

계산해 보자.

이신의 집중력이 최고조로 올라갔다.

뇌리에 무언가가 번뜩이며 스쳐 지나갔다.

이신은 버럭 소리쳤다.

'폭격기!'

'뭐?'

나폴레옹도 오자서도 당혹해했다. 하지만 두 사람은 곧장 말 뜻을 알아들었다.

'이런 제기랄! 이신 그대는 여길 지키게. 내가 오자서의 본진으로 석궁병을 보내지.'

나폴레옹의 석궁병들이 서둘러 3시에 있는 오자서의 진영으로 달렸다.

하지만 약간 늦었다.

오자서의 3시 본진에 폭격기 2기가 나타났다.

총공격을 취하는 척하며 시선을 끄는 동안, 폭격기 2기는 이미 북쪽으로 우회하여서 오자서에게 다다른 것이다.

타타타타타탕!

폭격기 2기가 불꽃을 뿜었다.

마력석을 채집하던 클로들이 죽어나갔다.

뒤늦게 도착한 석궁병들이 일제히 볼트를 쏴서 대응했지만, 폭격기들은 석궁병을 무시하고 오직 클로들만 집중적으로 죽였다.

급히 빼돌린 클로 4마리를 제외하고 전부 몰살당했다.

나폴레옹의 석궁병들이 집요하게 추격해서 폭격기 2기를 모두 격추시켰지만, 오자서의 피해가 너무 심했다.

발터 모델의 판단은 바로 견제였다.

폭격기로 클로들을 죽여서 오자서의 회생을 더 늦추고 시간을 번 것이다!

목적이 달성되자 중앙 지역까지 치고 나왔던 발터 모델과 프랜시스 드레이크의 지상군이 다시 썰물처럼 후퇴하기 시작했다.

'진격!'

나폴레옹이 오더를 내렸다.

분노하여 보복하려는 것이 아니었다.

후퇴하는 적을 바짝 조여서 압박하려는 것이었다.

병력 규모는 이쪽이 우위라는 걸 알았으니 몸 사릴 필요가 없어졌으니까.

후퇴한 발터 모델은 9시와 11시를 연결하는 삼거리에 자리 잡고 방어선을 구축했다.

수적으로 불리하지만 좁은 길목에 자리 잡고 방어하는 건 가능했다.

나폴레옹도 더는 추격하지 않고 그쪽에 전선을 구축하였다.

'한 방 먹었군.'

나폴레옹은 피식 웃으며 말했다.

저들은 이쪽을 속이고 폭격기를 소환할 수 있는 테크 트리를 올렸다.

오자서는 피해를 입은 탓에 회생에 더 많은 시간이 필요해졌다.

이대로 시간을 주면 저들은 대포와 폭격기의 조합으로 다시 공세에 나설 수 있다.

하지만 이쪽은 대포+폭격기에 대비하여 준비했던 그리핀을 준비하지 않았다.

이제 시간은 발터 모델 측의 편인 것이다.

'아직 끝난 게 아닌 것 같소만.'

오자서가 문득 말했다.

그 말이 옳았다.

이신은 당하고만 있을 생각이 없었던 것이다.

아까부터 남쪽으로 우회하여 움직이던 이신의 열기구!

마법사 4명을 태운 열기구가 9시의 드워프 본진에 도착했다!

열기구에서 마법사 2명이 내렸다.

"파이어 스톰!"

"파이어 스톰!!"

화르르르르르륵!!!

"으아악!"

"뜨거워!"

"제기랄, 마법사다!"

"아악!"

그것은 반대로 발터 모델 측이 나폴레옹의 압박에 정신 팔린 동안 벌어진 이신의 기습적인 견제였다.

9시 드워프 본진의 마력석 채집장 쪽이 불바다가 되었다.

마력석을 채집하던 드워프 광부들이 속절없이 몰살당했다.

상대 측도 다급해졌는지 드워프 총수들이 달려왔다.

하지만 이신이 전장을 삽시간에 불바다로 만드는 마법사 활용 능력을 본 탓에, 쉽사리 접근하지 못하는 눈치였다.

이신은 마법사들을 다시 열기구에 태워서 유유히 후퇴하였다.

'훌륭하군! 멋진 타이밍이었어.'

나폴레옹이 칭찬을 아끼지 않았다.

'이제 다시 우리 쪽에 여유가 생겼구려.'

오자서도 안도하는 눈치였다. 자칫하면 자신이 제안했던 교환 책이 결과적으로 실패로 돌아갈 뻔했던 것이다.

'9시는 발터 모델이군.'

'예, 폭격기를 담당하는 프랜시스 드레이크가 11시로 보입니다.'

'그럼 더 잘됐어. 대포를 모으고 있던 발터 모델의 마력 공급

에 차질이 생겼으니까. 폭격기는 이제 막 모으고 있는 중일 테고, 지상군은 우리가 압도한다.'

나폴레옹은 판단을 내렸다.

'이신 그대는 지금 열기구를 더 제작하라.'

'드롭을 시도합니까?'

'그렇다. 공격이 시작되면 열기구 3척 정도에 병력을 실어서 9시 본진을 다시 한 번 노려라. 저들은 폭격기 숫자가 부족하기 때문에 정면의 방어선을 지키기도 급급할 걸세.'

'정면과 9시 본진 양방향에서 동시에 치는 것이군요.'

'아니, 세 방향이다.'

'예?'

의아해하는 이신에게 나폴레옹이 자신만만하게 말했다.

'나는 기사단을 따로 모아 12시 지역을 우회하여 측면 돌파를 노릴 걸세.'

이신은 나직이 감탄했다.

9시와 11시를 연결하는 삼거리 길목은 12시와도 연결되어 있었다.

그런 지형적 특성을 노리고서 3면 파상 공세를 구상한 것이다.

'오자서 그대는 헬하운드를 모으게. 전투가 지속되면 헬하운드가 활약할 타이밍이 올 걸세.'

'알겠소.'

피해를 다시 받은 오자서로서는 이제 헬하운드 외에 다른 마물을 소환할 여지가 없었다.

그렇게 시간이 초조하게 흘러갔다.

모든 준비가 완료되자 마침내 나폴레옹이 명령을 내렸다.

'공격!'

지상군이 일제히 방어선을 향해 달려들었다.

발터 모델은 본진에 입은 피해 탓에 마력 공급에 차질이 생겨 대포 숫자가 많지 않았다.

그 틈을 노린 총공세였다.

노도처럼 밀려든 병영 병력이 창질을 하고 볼트를 쐈다.

가까이에서 조립된 투석기가 바위를 날렸다.

상대의 저항도 거셌다.

대포가 불을 뿜고 드워프 총수들이 일제 사격을 했다. 드워프 도끼병들은 가까이 접근한 방패병·장창병과 피 튀기는 육박전을 벌였다.

적의 저항에 크게 주춤했으나, 12시 지역으로 우회한 나폴레옹의 기사단이 도착하다 다시 전황이 팽팽해졌다.

그러는 동안, 이신의 열기구 3척이 9시 본진에 들이닥쳤다.

'드롭!'

이신이 소리쳤다.

열기구 3척에서 병력이 쏟아졌다. 그중에는 마법사 4명도 있었다.

"파이어 스톰!"

"파이어 스톰—!"

화르르르르르르르르—!!

발터 모델의 본진이 삽시간에 불바다가 되었다.

드워프 광부와 새로 소환되던 드워프 총수 등이 삽시간에 불길 속에 사라졌다.

불길이 사그라지자 병영 병력들이 달려들었다.

잘 저항하던 발터 모델—프랜시스 드레이크의 연합군에게 꽂은 결정타였다.

뒤이어 빠르게 달려오는 헬하운드들에 의하여 방어선마저 돌파되었다.

[악마군주 할파스 님의 계약자 오토 모리츠 발터 모델 님이 패배를 선언하셨습니다.]

[악마군주 오로바스 님의 계약자 프랜시스 드레이크 님이 패배를 선언하셨습니다.]

[악마군주 아가레스, 그레모리, 안드로말리우 스님의 승리입니다.]

첫 대결은 그렇게 대승으로 돌아갔다.

『마왕의 게임』 15권에 계속…

초대형 24시 만화방

신간 100%, 샤워실, 흡연실, 수면실(침대석), 커플석, 세탁기 완비

■ 광명 광명사거리역점 ■

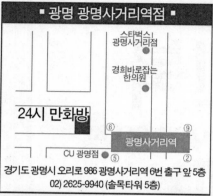

경기도 광명시 오리로 986 광명사거리역 6번 출구 앞 5층
02) 2625-9940 (솔목타워 5층)

■ 강북 노원역점 ■

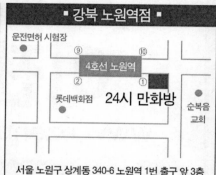

서울 노원구 상계동 340-6 노원역 1번 출구 앞 3층
02) 951-8324 (화용빌딩 3층)

■ 일산 정발산역점 ■

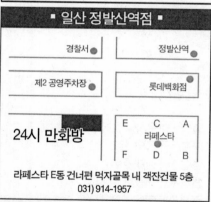

라페스타 E동 건너편 먹자골목 내 객잔건물 5층
031) 914-1957

■ 일산 화정역점 ■

경기도 고양시 덕양구 화정동 984번지 서일빌딩 7층
031) 979-4874 (서일사우나 건물 7층)

■ 부천 역곡역점 ■

역곡남부역 기업은행 건물 3층
032) 665-5525

■ 부평역점 ■

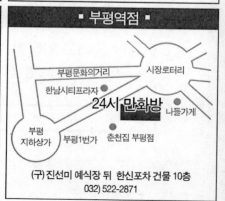

(구)진선미 예식장 뒤 한신포차 건물 10층
032) 522-2871

박선우 장편소설
FUSION FANTASTIC STORY

Wonderful
Life

멋진 인생

태어나며 손에 쥔 것이라고는 가난뿐.

그러나 내게는 온몸을 불사를 열정과
목숨처럼 소중한 사랑이 있었다.

『멋진 인생』

모두가 우러러보는 최고의 직장이자 가장 치열한 전쟁터,
천하그룹!

승진에 삶을 바친 야수들의 세계에서 우뚝 서게 되는
박강호의 치열하지만 낭만적인 이야기!

Book Publishing CHUNGEORAM

유행이아닌 자유추구~
www.chungeoram.com

궁극의 쉐프

Ultimate chef

가프 장편소설

FUSION FANTASTIC STORY

태초의 우물에서 찾은 사막의 기적.
사람의 식성과 식욕을 색으로 읽어내는 능력은
요리의 차원을 한 단계 드높인다.

『궁극의 쉐프』

요리란!
접시 위에 자신의 모든 것을 담아내는 것.

쉐프란!
그 요리에 자신의 가치를 증명하는 사람.

"요리 하나로 사람의 운명도 좌우할 수 있습니다."

혀를 위한 요리가 아닌, 마음을 돌보는 요리를 꿈꾸는
궁극의 쉐프 손장태의 여정이 시작된다!